O MESMO MAR

AMÓS OZ

O MESMO MAR

Tradução do hebraico
Milton Lando

COMPANHIA DE BOLSO

Grafia atualizada segundo o Acordo Ortográfico da Língua Portuguesa de 1990, que entrou em vigor no Brasil em 2009.

Título original
Oto Há-Yam (*The Same Sea*)

Capa
Jeff Fisher

Preparação
Beti Kaphan

Revisão
Gabriela Morandini
Mariana Cruz

Atualização ortográfica
Verba Editorial

Dados Internacionais de Catalogação na Publicação (CIP)
(Câmara Brasileira do Livro, SP, Brasil)

Oz, Amós
O mesmo mar / Amós Oz ; tradução do hebraico Milton Lando. — 1ª ed. — São Paulo : Companhia das Letras, 2014.

Título original: Oto Há-Yam
ISBN 978-85-359-2294-3

1. Ficção israelense I. Título.

13-05543 CDD -892.43

Índice para catálogo sistemático:
1. Ficção : Literatura israelense 892.43

2014

EDITORA SCHWARCZ S.A.
Rua Bandeira Paulista, 702, cj. 32
04532-002 — São Paulo — SP
Telefone: (11) 3707-3500
Fax: (11) 3707-3501
www.companhiadasletras.com.br
www.blogdacompanhia.com.br

GATO

Não longe do mar, o senhor Albert Danon
mora na rua Amirim, sozinho. Adora
azeitonas e queijo de ovelha. Contador fiscal, um homem
brando, perdeu a esposa não faz muito tempo. Nádia Danon
morreu certa manhã
de câncer no ovário, deixando alguns vestidos,
uma penteadeira, algumas toalhas de mesa
finamente bordadas. O único filho, Enrico David, ou Rico,
foi para o Tibet escalar montanhas.

Aqui em Bat Yam a manhã de verão está quente e pegajosa,
mas naquelas montanhas a noite já desce. A neblina paira
baixo, formando rodamoinhos nas ravinas. O vento penetrante
uiva como um bicho, e a luz que se extingue
parece-se mais e mais com um sonho mau.

Aqui o caminho se bifurca:
uma trilha é abrupta, a outra é suave.
O mapa não mostra nada disso, nenhuma bifurcação,
e, como a tarde escurece e o vento açoita,
granizo afiado, Rico tem de adivinhar por onde ir:
ou desce pelo caminho mais curto, ou pelo mais fácil.

De um jeito ou de outro, o senhor Danon vai se levantar
agora
e desligar o computador. Irá
até o canto da janela. Lá fora no pátio,
um gato na cerca. Flagrou um lagarto. Não vai deixar escapar.

PÁSSARO

Nádia Danon. Pouco antes de morrer, um pássaro
num ramo de árvore a acordou.
Às quatro da manhã, antes de clarear o dia, *narimi*
narimi, disse o pássaro. Acorda, acorda.

O que serei eu depois que morrer? Um som, um aroma,
ou nada. Comecei uma toalhinha.
Talvez ainda termine. O doutor Salatiel está otimista: o
quadro é estável, diz. Talvez o esquerdo
esteja um pouquinho menos bem. O direito está ótimo. As
radiografias são nítidas. A senhora pode ver: não se nota
nenhuma ramificação.

Às quatro da manhã, antes do dia clarear, Nádia Danon
começa a recordar. Queijo de ovelha. Copo de vinho.
Cacho de uvas. O cheiro da tarde lenta nas colinas de Creta,
O gosto da água fria, o sussurro dos pinheiros, a sombra das
montanhas
cai sobre toda a planície, *narimi*
narimi, cantou o pássaro. Vou me sentar e bordar. Antes do
amanhecer, eu termino.

INDICAÇÕES

Rico David lia sem parar. A situação do mundo não lhe
parecia nada boa. As prateleiras estavam cobertas por pilhas de
livros seus, panfletos, jornais, publicações sobre perversões
e abusos de todo tipo: estudos feministas, sobre negros, gays
e lésbicas, violência contra a criança, drogas, racismo,
florestas tropicais, o buraco na camada de ozônio, e também
sobre a injustiça
no Oriente Médio. Sempre lendo. Lia de tudo. Foi
a uma passeata das esquerdas com a namorada, Dita Inbar.
Saiu sem dizer palavra. Esqueceu de telefonar.
Voltou tarde. Tocou seu violão.

Sua mãe está pedindo, implorou o pai. O estado dela não é
nada bom,
e você ainda a faz sofrer. Rico falou, Tudo bem, esquece.
Mas como é possível ser tão desligado. Esquece de apagar a luz.
Esquece de trancar. Até as três da manhã, esquece de voltar.

Dita disse: Tente, senhor Danon, compreendê-lo um pouco.
Ele também está sentindo, e o senhor ainda o faz se sentir
culpado.
Afinal, ela não morreu por culpa dele. Deixe ele viver
a própria vida. O que o senhor queria? Que ele ficasse aqui
sentado segurando
a mão dela?
A vida continua. Cada um de nós de um jeito ou de outro
acaba sozinho. Eu também não entendo bem essa viagem ao
Tibet, mas mesmo assim ele tem o direito de tentar se
encontrar.

Ainda mais depois de perder a mãe.
Ele vai voltar, senhor Danon, mas não fique esperando.
Trabalhe, dedique-se a alguma coisa, não importa o quê!
Qualquer dia passo aí para visitá-lo.

Depois disso, às vezes ele desce ao jardim. Vai podar as rosas, amarrar as vagens de ervilhas. Aspira o perfume do mar que vem de longe, o
sal, as algas, o ar úmido e quente. Quem sabe
ligo para ela amanhã? Mas Rico esqueceu de deixar essa e algumas outras indicações,
e no catálogo existem dezenas de Inbar.

MAIS TARDE, NO TIBET

Quando ainda era pequeno, numa manhã de verão, foi
de ônibus com a mãe, de Bat Yam para Yafo, visitar tia Clara.
Na véspera se recusou a dormir: tinha medo de que o
despertador parasse durante a noite. E se não acordarmos? E
se chover, e se atrasarmos?

Entre Bat Yam e Yafo uma carroça de burro
tinha virado. Melancias esmagadas no asfalto —
banho de sangue. O motorista gordão se ofendeu
e gritou com outro gordão, de cabelo untuoso. Uma velha
senhora bocejou, bem na frente de sua mãe. Sua boca era uma
tumba, vazia e
profunda.
Sentado no banco, no ponto de ônibus, um sujeito
engravatado.
Camisa branca, paletó dobrado no colo. Não quis subir no
ônibus.
Dispensou-o
com um sinal de mão. Talvez esperasse outro ônibus.
Daí viram um gato atropelado. A mãe
apertou a cabeça de Rico contra sua barriga: Não olhe, senão
você vai gritar
no sono outra vez. Depois uma menina de cabeça raspada:
piolhos? Pernas
cruzadas, quase dava para ver a calcinha. E um edifício
inacabado e dunas
de areia.
Um café árabe. Banquinhos. Fumaça
acre e espessa. Dois homens curvados para a frente.

*

Ruínas. Igreja. Figueira. Sino.
Torre. Telhas. Treliças. Limoeiro.
Cheiro de peixe frito. E entre duas paredes,
o mar e uma vela aberta, embalando a si mesma.

Depois um pomar, convento, palmeiras,
talvez tamareiras, e casas arruinadas — se continuarmos
por essa estrada, vamos acabar chegando ao sul de Tel-Aviv. E
depois o rio Yarkon.
E laranjais. E aldeias. E mais além,
as montanhas. E depois disso, já é noite.
Os planaltos da Galileia. A Síria. A Rússia.
Ou a Lapônia. A tundra. Estepes nevadas.

Mais tarde, no Tibet, mais dormindo que acordado,
lembra-se da mãe. Se não acordarmos,
já era. Vamos nos atrasar. Na neve, na barraca, no saco de
dormir
às apalpadelas, ele tenta aninhar a cabeça na barriga dela.

CÁLCULOS

Na rua Amirim, o senhor Danon ainda está acordado.
São duas da manhã. Na tela à sua frente
os números não batem, de uma das firmas — uma ou outra.
Erro
ou fraude? Ele procura. Não consegue achar. Sobre uma
toalhinha bordada
o relógio de metal faz tique-taque. Ele se veste e sai. No Tibet
já são seis
horas.
Cheiro de chuva, mas nada de chuva na rua em Bat Yam.
Vazio. Silêncio. Blocos de apartamentos. Erro
ou fraude. Amanhã veremos.

MOSQUITO

Dita dormiu com um bom amigo
de Rico, Uri ben Gal. Deu nos nervos dela ele chamar
a trepada de coito. Deu-lhe nojo, depois, quando perguntou
o quanto ela havia gostado, numa escala de zero a cem. Tinha
opiniões
sobre tudo.
Veio com um lero sobre o orgasmo feminino:
é menos físico e mais emocional. Daí descobriu
um mosquito gordo no ombro dela. Esmagou, limpou com a
mão,
passou os olhos no jornal
e adormeceu deitado de costas. Os braços bem abertos, em
cruz.
Sem deixar nenhum espaço para ela. Também o pau murchou
e adormeceu com um mosquito em cima: vingança de sangue.

Dita tomou uma chuveirada. Penteou o cabelo. Vestiu uma
camiseta preta que
Rico esquecera numa gaveta. Menos. Ou mais. Físico.
Emocional.
Sexual. Papo furado. Sensual. Emotivo.
Dia e noite, opiniões. Isso não. Isso sim. O que foi esmagado
não pode ser desesmagado. Preciso ir lá ver como vai o velho.

É DURO

Abre os olhos com os primeiros raios de luz. A cadeia de montanhas parece
uma mulher
adormecida, poderosa, serena, deitada de lado depois de uma noite de amor.
Uma brisa suave, brincalhona, agita a aba da sua barraca.
Incha, treme, como uma barriga morna. Sobe e desce.

Com a ponta da língua, ele toca o côncavo de sua própria mão esquerda
no ponto mais interno da palma da mão. É como o
toque de um mamilo, macio e duro.

SOZINHO

Flecha encaixada num arco esticado: ele se lembra da linha descendente da coxa. Adivinha o movimento dos quadris vindo ao seu encontro.
Rico se recompõe. Rasteja para fora do saco de dormir. Enche os pulmões com o ar de neve. Pálida, opalina, a névoa sobe devagar, em espiral: camisola translúcida sobre o cume da montanha.

SUGESTÃO

Na rua Bostros, em Yafo, mora um grego que lê a sorte nas cartas.
Uma espécie de vidente. Dizem até que ele chama os mortos. Não por meio de
um copo e letras de papel,
mas de verdade. Entretanto, só por um momento, e com luz fraca,
e não se pode falar nem tocar. Depois, a morte se apodera de novo.

Foi a contadora diplomada Bettine Carmel quem lhe contou. Ela é subchefe
do Departamento de Tributação sobre a Propriedade. Sempre que ela tem um
tempinho, Albert é convidado a visitá-la —
um chá de ervas, uma conversa amena sobre os filhos, a vida,
a situação em geral. Ele está viúvo desde o início do verão,
ela é viúva já faz vinte anos. Ela tem sessenta anos
e ele também. Desde a morte da esposa, não pensou mais em mulheres. Mas,
cada vez que conversam, ambos têm uma sensação de paz. Albert, diz ela, vá
ver esse homem
um dia desses. A mim, ajudou-me muito. Claro que é só ilusão, mas
por um momento Avram voltou. São quatrocentos shekels, sem
garantia. Se não acontecer nada, o dinheiro fica lá. Tem pessoas que pagam
ainda mais por experiências que mexem muito menos com elas.

"Nada de ilusões" —
esse é o lema do nosso tempo, mas na minha opinião é só um clichê:
mesmo que uma pessoa viva até os cem anos, nunca vai parar de procurar os
que já morreram.

NÁDIA PARECE

Uma foto na moldura, sobre o aparador: o cabelo castanho
puxado para o alto. Os olhos são um pouco redondos demais, e
talvez por isso
seu rosto expressa surpresa ou dúvida, como se perguntasse: O
quê? É
mesmo?
Isso não está na foto, mas Albert se lembra do efeito
desse cabelo preso. Deixava a gente ver, se quisesse, na sua nuca
a penugem macia, fina, cheirosa.

Na foto sobre a parede do quarto do casal, Nádia está
com um ar mais prático. Diferente. Brincos delicados, a
sombra de um sorriso tímido
que promete e também pede
uma prorrogação: não agora. Mais tarde sim, o que você quiser.

RICO PARECE

Bondade, amargura, resignação, escárnio, eis o que o senhor Danon vê
no rosto do filho na fotografia. Uma espécie de competição:
a testa e o olhar franco, iluminado, contrastando com a linha dos lábios tão amarga,
quase cínica. A farda militar, na foto, disfarça os ombros caídos,
transformando o rapaz num homem endurecido. Já faz alguns anos
que é quase impossível falar com ele: Como vai? Nada de novo.
Como está? Tudo bem. Comeu? Bebeu? Quer um
peito de frango? Chega, pai, esquece.
E o que você está achando das conversações de paz? Resmunga uma gracinha
qualquer,
já na porta. Tchau. E vê se não trabalha demais.
E mesmo assim há uma certa ternura, não nas palavras e nem na foto,
mas entre, e ao lado. A palma de sua mão sobre meu braço. Toque e silêncio —
próximo e no entanto distante. Agora no Tibet
são quase vinte para as três. Em vez de procurar mais e mais o
que não há na foto, vou preparar uma torrada, tomar um chá
e voltar ao trabalho. Aquela foto não faz justiça.

NO OUTRO LADO

Chegou um cartão-postal, com um selo verde: Oi, pai, é bonito por aqui, muito
alto e muito branco,
a neve me faz lembrar a Bulgária das histórias que mamãe contava
quando eu era pequeno,
as aldeias com poço, florestas, duendes (apesar de que aqui quase
não há árvores, nesta altitude só crescem arbustos, e, mesmo assim,
de pura teimosia). Estou bem aqui, de suéter grosso e tudo, e comigo estão
alguns holandeses, muito preocupados com a segurança. Aliás esse ar rarefeito
por algum motivo
altera completamente cada som. Até o grito mais terrível
não quebra o silêncio, mas, por assim dizer, encaixa-se nele. E você,
vê se não fica trabalhando até muito tarde da noite. P.S. — Do outro lado deste
cartão-postal você vai ver a foto de uma aldeia em ruínas. Há mil anos, talvez, havia aqui
uma civilização remota, que desapareceu sem deixar traços. Ninguém sabe o
que aconteceu.

DE REPENTE

No dia seguinte ao anoitecer Dita apareceu. Passos leves, sem
fôlego, sem
avisar tocou a campainha, esperou, não adianta, ele não está
mesmo, não dei sorte.
Quando já desistira e ia descendo a escada, encontrou-o subindo,
com uma sacola de compras. Ela agarrou uma alça
e assim, constrangidos, as mãos se tocando, ficaram parados na
escada. Num
primeiro momento ele ficou um pouco assustado
quando ela tentou lhe tomar a sacola: por um instante ele não a
reconheceu,
de cabelo curto, e com uma saia atrevida que quase não existia.
Eu vim porque
recebi um cartão-postal hoje de manhã.
Ele a fez sentar na sala. Logo disse que também tinha recebido
um cartão do
Tibet. Cada um mostrou o seu.
Compararam. Então ela o seguiu para dentro, até a cozinha.
Ajudou-o a tirar as compras, a arrumar tudo na geladeira. O
senhor Danon
colocou a chaleira no fogo. Enquanto esperavam ferver
ficaram sentados frente a frente, na mesa. Pernas cruzadas, de
saia cor de laranja,
ela parecia mais e mais nua. Mas é tão jovem. Ainda criança.
Rápido
ele desviou o olhar. Hesitou em perguntar se ela e Rico ainda,
ou não mais. Escolhia as palavras com cuidado, com muito tato.
Dita riu: Eu
não sou dele, nunca fui, e ele não é meu, e veja,

de qualquer forma, são apenas rótulos. Cada um é de si mesmo. Tenho aversão a qualquer coisa fixa e permanente. É melhor deixar as coisas fluírem e pronto. O problema é que esse também é um conceito fixo. Tão logo a gente define, se atrapalha. Olha, a água está fervendo. Não se levante, Albert, deixa que eu faço. Chá? Ou café?

Ela se levantou, sentou, e notou que ele enrubesceu. Achou legal. Cruzou as pernas de novo, arrumou a saia, mas não muito. Aliás, preciso de um conselho seu como consultor fiscal. É o seguinte: escrevi um roteiro, que vai ser filmado, e tenho de assinar uns papéis. Não fique bravo comigo por estar aproveitando a oportunidade para perguntar, nem se sinta obrigado. Ora, nada disso, com o maior prazer: começou a lhe dar uma explicação detalhada, não como se ela fosse uma cliente, mas mais como se fosse uma filha. Enquanto ele esclarecia as coisas de vários ângulos, seu corpo magro começou de repente a morder o freio.

AZEITONAS

Pois às vezes o sabor forte daquelas azeitonas em conserva, lentamente
curtidas em azeite com dentes de alho,
sal e limão, pimenta e folhas de louro,
traz a aragem de um tempo passado: esconderijos nas rochas, um rebanho, a sombra, o som da flauta,
a melodia da respiração dos tempos de outrora. O frio de uma caverna, a
cabana escondida no vinhedo,
um caramanchão num jardim, uma fatia de pão de centeio e água do poço. Você é
de lá. Você se perdeu.
Aqui é o exílio. Sua morte virá, no seu ombro pousará a mão experiente.
Venha, é tempo de voltar para casa.

O MAR

Há uma aldeia no vale. Vinte cabanas de telhado plano. A luz das montanhas
é límpida e intensa. Na curva do riacho os seis alpinistas, a maioria holandeses,
estão sentados numa lona estendida, jogando cartas. Paul rouba um
pouquinho, e Rico,
que perdeu, se retira para descansar, enrolado num anoraque e num cachecol.
Respira devagar
o ar cortante da montanha. Levanta os olhos: picos afiados como foices.
Duas nuvens como plumas.
Uma lua desnecessária ao meio-dia. E se você escorregar, o abismo tem cheiro
de útero.
O joelho dói um pouco e o mar está chamando.

DEDOS

Stavros Evangelides, um grego de oitenta anos, com um terno
marrom
amarfanhado e manchado no joelho esquerdo,
tem a cabeça calva, bronzeada, sulcada de rugas, verrugas,
alguns fios
grisalhos e um nariz grosseiro, os dentes, porém, jovens,
perfeitos e olhos grandes, alegres: olhos inocentes, que
parecem só enxergar o bem.
Seu quarto é pobre. Cortinas desbotadas. Uma veneziana de
madeira toda torta
trancada por dentro com uma trava. E uma espessa mistura
de aromas de cor sépia, cuja nota predominante é a de um
pesado cheiro de incenso. As
paredes são forradas
de pinturas de santos em estilo balcânico, e uma lamparina
ilumina um
crucifixo com um Cristo infantil: como se o Gólgota tivesse
se adiantado,
e como se o milagre dos peixes, o milagre dos pães, o milagre
de Lázaro,
todos tivessem acontecido depois da Ressurreição. O senhor
Evangelides
é um homem lento. Oferece uma cadeira ao visitante, sai da
sala e volta duas
vezes, da segunda, trazendo um copo d'água
morna. Primeiro cobra seu pagamento, em dinheiro. Conta as
notas
metodicamente, pergunta, educado, quem foi
que recomendou ao cavalheiro que o procurasse. Seu hebraico

é simples
porém correto, com um leve sotaque árabe. Será que aqueles dentes perfeitos
são seus mesmo? Impossível dizer no momento. Daí ele faz ao visitante
algumas perguntas de cunho geral,
sobre a vida, a saúde e assim por diante. Interessa-se pela sua família e seu
país de origem. Na sua opinião, os Bálcãs pertencem
tanto ao Ocidente quanto ao Oriente. Anota todas as respostas num bloco,
com detalhes. Quer saber também sobre os mortos,
quem, e como, e quando. E quem é a pessoa falecida que o trouxe hoje aqui?
Daí ele pondera. Digere. Estuda os dedos por alguns momentos, como se
conferisse mentalmente se estão todos presentes
e nos lugares certos. Explica com cortesia que não pode garantir resultados.
Homem e mulher, decerto o senhor sabe,
eis uma união misteriosa: um dia estão próximos, no outro, dão-se as costas.
Agora, meu senhor, devo lhe pedir que respire normalmente.
Mãos abertas. Coração puro. Isso mesmo. Agora podemos começar.
O visitante fecha os olhos para se lembrar. *Narimi narimi*, disse a ela o
passarinho. Daí abre os olhos. A sala está vazia.
A luz é marrom-acinzentada. Por um momento ele imagina uma figura
bordada nas dobras da cortina.

Algum tempo depois o senhor Evangelides volta para a sala. Tem o bom gosto de
não perguntar como foram as coisas. Traz
outro copo d'água, desta vez fria e fresca. Uma luz agradável e

amena
brilha em seus olhos sorridentes
entre as rugas bronzeadas de sol, o sorriso de uma criança esperta mostrando
os dentes brancos como a neve. Com passos macios, acompanha o visitante
até a porta. No dia seguinte tomando chá de ervas no escritório, Bettine
lhe diz, Albert, não se aborreça, de qualquer forma todo mundo, ou quase,
acaba desiludido. É assim que são as coisas.
Ele não se apressou em responder. Por alguns momentos examinou bem
os dedos. Quando eu saí de lá, disse, sem mais nem menos, no meio da rua,
vi uma mulher um pouco parecida com ela. De costas.

DÁ PARA OUVIR

Bettine senta-se sozinha em casa, meia-noite passada, numa poltrona, para ler
um romance
que fala de solidão e más ações. Alguém, um personagem secundário, morre
por causa de um diagnóstico errado. Ela pousa o livro
no colo, virado para baixo, e pensa em Albert: Mas por que
eu o mandei para o grego? Causei a ele um sofrimento desnecessário. Por
outro lado,
afinal de contas não temos nada a perder. Ele está vivendo sozinho,
eu estou sozinha também. Dá para ouvir o mar, ao longe.

SOMBRA

Vagos boatos percorrem o mundo, e também semitestemunhos,
sobre uma
criatura
quase humana, gigantesca, que vaga sozinha pelas montanhas
do Tibet.
Único e livre. Algumas pegadas já foram fotografadas duas ou
três vezes na
neve, em lugares inacessíveis
onde nem mesmo o mais intrépido dos montanhistas ousaria se
aventurar. É
quase certo
que tudo isso não passa de uma lenda da região: como o monstro
de Loch
Ness ou o antigo Ciclope.
Sua mãe, que se sentava e bordava um guardanapo quase até a
hora da morte,
seu pai triste, retraído,
sentado noite após noite frente ao computador procura brechas
na tributação
fiscal —
na verdade cada um está condenado
a esperar pela sua própria morte preso numa gaiola separada. E
você também,
vagando,
sua obsessão em ir cada vez mais longe e acumular cada vez mais
experiências, você também carrega por aí sua gaiola
até os confins do Jardim Zoológico. Cada um tem seu próprio
cativeiro. As
grades separam cada um

de todos os outros. Se aquele solitário Homem das Neves
realmente existe,
sem sexo nem companheira,
não nasceu, não procriou, não morreu. Há mil anos ele vaga
por estas
montanhas.
Leve e nu, passa por entre as gaiolas, e talvez se ria.

ATRAVÉS DE NÓS DOIS

Antes do desculpe, este lugar está livre,
antes da cor dos teus olhos, antes do o que você quer beber,
antes do eu sou Rico, e eu, Dita, antes do roçar
da mão no ombro,
aquilo nos atravessou
como a fresta de uma porta abrindo-se em meio ao sono.

ALBERT NA NOITE

No telhado a sombra dela, uma sombra lenta,
uma sombra que aos poucos vai me deixando.
Dentro de casa, está ruim. Lá fora,
escuro. O quarto à noite
parece mais baixo.

BORBOLETAS PARA TARTARUGA

Aos dezesseis anos e meio, numa cidadezinha de província,
seus pais a
casaram com um parente rico. Viúvo
de trinta anos. Era costume casar as filhas dentro da família.
O pai dela era
ourives, cinzelava
objetos de ouro e prata. Um dos irmãos foi mandado para
Sófia, para formar-se
farmacêutico e trazer de volta um diploma. Nádia aprendeu
com a mãe a cozinhar, assar e bordar, fazer doces e escrever
com boa
caligrafia. O noivo, viúvo, comerciante
de tecidos, vinha visitá-la aos sábados e nos dias festivos. Se
lhe pediam,
cantava deliciosamente, com uma voz de tenor
densa e melodiosa. Homem alto, elegante, solícito, sabia
sempre o que dizer e
o que deixar passar
em silêncio. Nádia casou-se com ele sem empenhar o coração,
pois sua melhor
amiga lhe revelara aos sussurros como era realmente o amor,
que não se deve atiçá-lo até que desperte por si mesmo.

Mas seus pais, com suavidade e prudência, lhe mostraram as
coisas por outro
ângulo: o que ela fizesse por obrigação seria também para seu
próprio bem. E marcaram uma data, não muito próxima,
procurando
dar a ela bastante tempo

para se acostumar aos poucos com o viúvo que em todas as visitas lhe trazia
um presente. De sábado em sábado,
ela aprendeu a gostar do som da sua voz. Que era agradável.

Depois do casamento o marido se revelou um homem muito respeitoso,
inclinado a uma certa regularidade

nos assuntos íntimos. Noite após noite, lavado, perfumado e alegre, ele vinha
sentar-se à beira
da cama. Começava com palavras de afeto, apagava a luz para não deixá-la
embaraçada,
afastava o lençol, fazia algumas carícias metódicas, e por fim descansava a
mão no seu seio. Ela ficava sempre deitada de costas,
a camisola levantada, ele sempre em cima dela, e atrás da porta batia
lentamente
o pêndulo do relógio de parede com enfeites de ouro. Ele arremetia. Gemia. Se
ela quisesse, poderia contar noite após noite
cerca de vinte impulsos moderados, o último acentuado por uma nota de tenor.
Daí ele se cobria e dormia. Na densa escuridão ela ficava deitada, vazia e
atônita
pelo menos durante mais uma hora. Às vezes se satisfazendo sozinha. Num
sussurro contava à sua melhor amiga,
que então dizia, Quando existe amor é tudo diferente, mas como explicar as
borboletas para uma tartaruga.

*

Diversas vezes ela acordava às cinco, vestia um penhoar e subia à laje para
recolher roupas do varal. De lá avistava
os telhados vazios, um trecho de floresta, uma planície deserta. E depois seu pai e
seu marido madrugavam e saíam
para a oração da manhã. Dia após dia ela fazia compras, limpava e cozinhava.
Nas noites de sábado vinham visitas,
bebiam, comiam, mordiscavam sementes, discutiam. De costas na cama quando
tudo terminava
ela pensava às vezes num bebê.

A HISTÓRIA É ASSIM:

Depois de uns três anos ficou claro que ela nem ao menos podia lhe dar filhos. O viúvo, desconsolado, divorciou-se e casou-se com a prima dela. Devido à vergonha e ao sofrimento por que estava passando, seus pais lhe deram permissão para ir ao encontro do irmão e da cunhada que tinham emigrado para Israel, e de viver lá sob a supervisão do casal. O irmão alugou-lhe um sótão em Bat Yam e arranjou um trabalho numa oficina de costura. O dinheiro que recebera no divórcio, ele depositou numa poupança para ela. E assim, aos vinte anos de idade, voltou a ser uma moça solteira. Gostava de ficar sozinha a maior parte do tempo. O irmão e a cunhada ficavam de olho, mas na verdade era desnecessário. Às vezes tomava conta dos filhos deles, à noite, às vezes saía com alguém, ia a um café ou ao cinema, sem se envolver: não gostava da ideia de ser deitada de costas de novo, com a camisola levantada, e sabia acalmar sozinha o seu corpo. Na oficina de costura era considerada uma trabalhadora séria e responsável e, de modo geral, uma moça encantadora. Uma vez foi ao cinema com um jovem tranquilo, sensato, um contador, parente distante da sua cunhada. Quando ele a acompanhou até a casa, pediu-lhe desculpas por nem sequer tentar namorar com ela, não porque, Deus me livre, não a achasse atraente, mas, pelo contrário, porque não saberia como agir. Já tinha acontecido de moças caçoarem dele por causa disso, explicou, e até ria um pouquinho de si mesmo, mas era a pura verdade. Ao ouvir isso ela sentiu de repente na nuca, nas raízes dos cabelos, uma espécie de agradável aspereza interna, que irradiou calor para os ombros e axilas, e foi por isso que sugeriu, Vamos nos encontrar de novo na terça-feira, oito da noite. Alegre, Albert respondeu: Com todo o prazer.

O MILAGRE DOS PÃES,
O MILAGRE DOS PEIXES

Também havia sexo por dinheiro. Aconteceu num albergue de
teto baixo para
mochileiros em Katmandu,
a capital do Nepal. A voz dela era velada e escura como um sino
abafado,
lembrando a melancolia
amarga de uma cantora de fado. Era uma mulher de Portugal,
grande,
ombros arredondados,
que fora expulsa do convento pelo pecado da tentação (ao
qual ela tanto acedera quanto sucumbira). O Redentor
perdoou.
Seus próprios pecados são já sua pena e penitência. Agora, ela
recebe os
viajantes mediante uma modesta
remuneração. Seu nome é Maria. Também fala inglês. Não é
jovem, usa espessa
maquiagem mas
seus joelhos são bem-feitos e, os seios, rebeldes. Um vinco
marca o decote,
e nele
um pendente: dois finos fios de prata que descem até se
encontrar numa cruz
que aparece e desaparece
e reaparece no decote do vestido sempre que ela se mexe, ou
ri, ou se inclina.
O quarto é em forma de L, e contém apenas alguns colchões,
um aparador
baixo, uma bacia, uma jarra de louça,

canecas de lata. Os quatro holandeses, Thomas, Johan, Wim e
Paul,
bebem uma bebida estranha, uma cerveja espessa feita por
aqui mesmo, de um
arbusto da montanha chamado
medula de macaco. Rico experimentou, curioso: morna.
Espessa. Um pouco amarga.

Por um preço módico, ela lhes concedia "alegria e favores" em
seu quarto. Um de cada vez, vinte minutos cada um. Ou então os
cinco de uma
vez, com desconto. Ela tem um fraco por homens bem jovens,
com fome de mulher, que voltam das montanhas, eles sempre lhe
despertam
um sentimento macio,
maternal. E não se importa com que eles a vejam trabalhando.
Pois que olhem, é
mais excitante. Para eles e para ela. Ela adivinha os rios
reprimidos de desejo
acumulados pelos alpinistas
ali, nos campos de neve vazios e nos vales desnudos. Eles são
cinco e ela
apenas uma mulher, e o desespero deles
também a faz sentir compaixão. Agora você, chegue mais
perto e ponha a mão
aqui, agora pode sair. Agora você. Agora esperem. Olhem.

Tira o vestido devagar, balançando as cadeiras, os olhos baixos,
como se
acompanhasse algum canto sagrado
inaudível para eles. A cruzinha verde pendurada no peito treme
em seu fio de
prata,
acariciada entre seio e seio. Paul ri com escárnio. De imediato
ela se cobre
com as duas mãos: Não.

Assim não. Ela insiste: Risada, não. Quem tiver vindo aqui para caçoar, pode pegar
seu dinheiro de volta e ir andando.
Comigo é tudo decente, limpo. Um corpo exausto, sim — mente suja, não. Esta
noite ela anseia
por uma noite de núpcias: a cada um dos noivos, concederia seus favores,
depois os faria dormir em seu ventre: uma loba
e seus filhotes. Pois também Cristo deu seu corpo e seu sangue
— assim ela continuava, até que Thomas e Johan, um de cada lado, fecharam
seus lábios.

Rico, o último, apalpa, procura, mas não encontra a concha quente, macia. A
mão dela desliza para baixo
e o conduz. Ele se demora por toda uma eternidade, controlando-se, sem
arremeter,
dominando a onda para não terminar como um sonho fugaz. Por isso, a
mulher, Maria,
enche-se de terna compaixão, como as águas correm para o mar. Como se
tomada pelas dores do parto,
ela o aperta de leve, com contrações descendentes e ascendentes:
dando a ele de mamar e sendo sugada até o fim.

LÁ, EM BAT YAM, SEU PAI O CENSURA

Filho rebelde. Filho teimoso. Eu durmo
mas meu coração vigia. Meu coração vigia
e se lamenta,
o cheiro do meu filho é como o cheiro
de uma prostituta.
Meus ossos não têm paz
com as tuas andanças.
Até quando?

MAS SUA MÃE O DEFENDE

A mãe diz:
Não penso assim.
Vagar a esmo é bom
para quem perdeu o rumo.
Beija, meu filho os pés
dessa mulher Maria
cujo ventre, por um instante,
te devolveu a mim.

BETTINE DESMORONA

— Mas o que mais vai acontecer entre nós, Albert? Aqui estamos de novo
na tua varanda, à noitinha. Nessa luz néon. Não é você e outra mulher,
não sou eu e outro homem, e também não são outras duas pessoas.
Chá de ervas. Melancia. Queijo. Muito gentil de sua parte
comprar-me um presente. Um lenço de seda. Você imagina
mesmo que eu vá sair usando um lenço desses? No pescoço? Na cabeça?
Também trago
um presente para você,
um cachecol. Veja: é de pura lã inglesa, bem macia. Ótima para o inverno. Azul.
Xadrez. Você sentado de pernas cruzadas na minha frente falando com bom
senso sobre Rabin e Peres, mas sem nunca mencioná-la. Deus o livre. Assim ninguém se aborrece.

Mas quem ficaria aborrecido, me diga, Albert, se você falar uma única vez.
Você não quer me aborrecer? Ou a ela? Ou a você mesmo? Afinal, nós somos
o que somos,
Nem sócios, nem parentes. E nem estamos no jogo homem--mulher.
Você tem sessenta e eu tenho sessenta. Não somos um casal, mas apenas duas
pessoas.

Conhecidos? Amigos? Ou mesmo colegas? Mais ou menos?
Um pacto para um dia de chuva? Afeição de fim de tarde?
Nossas pernas
cruzadas. A minha cruzada
sobre a minha, a sua cruzada sobre a sua. Você de frente para mim e eu de
frente para você. Li certa vez que um homem e uma mulher não podem ser
apenas amigos: ou são amantes
ou não existe nada entre eles. O fato é que sou tão má quanto você. Não falo
nenhuma palavra sobre o Avram. Tenho medo — se eu falar,
talvez você fique tão constrangido que acabe fugindo.

O que sobrou? Chá de ervas. Melancia. Queijo. Investimentos.
Indexação. Poupança. Fundos de assistência. Pernas cruzadas, você
e eu. Sua perna na sua, a minha na minha. Temos cuidado
com as palavras, caso a gente — Deus nos livre! — se encoste. Estou relaxada
e você está calmo. A luz néon espalha claridade
em tudo aqui. Embaixo da varanda, o cascalho empoeirado.
Perdoe-me, Albert, não fique chateado, de repente sinto vontade
de quebrar um copo. Pronto, quebrei. Desculpe.
Você vai me perdoar.
Deixe que eu varro, não se incomode.

NO TEMPLO DO ECO

Carta de Rico para Dita Inbar. Oi, Dita, aqui é Katmandu e agora estamos
assim: indo de um templo para outro. Principalmente pelas aldeias. E às vezes
lembro
daquela nossa brincadeira particular: eu sou uma freira e você, um monge.
Você decerto se lembra.
Se não, tente. Apesar de existir alguma coisa aí em Tel-Aviv
que apaga as lembranças. Não é o calor, nem a umidade. É outra coisa.
Algo mais fundamental. Tel-Aviv é um lugar que apaga as coisas.
Escreve,
apaga, e por isso o tempo todo
respiramos esse pó de giz que paira no ar. Não espere por mim. Divirta-se.
Encontre alguém
que te compreenda, alguém que seja durão por fora e macio por dentro,
malandro por trás e cavalheiro pela frente,
progressista pela esquerda e esperto
pela direita — e se der, que seja um empreiteiro,
que me deixe morar na casinha do jardineiro. Não fique brava, só estou
tentando dizer
que aqui no Tibet a gente realmente lembra das coisas. Ontem, por exemplo,
no Templo do Eco

(assim chamado por causa de uma distorção acústica que transforma uma
palavra num lamento, um grito, numa gargalhada),
falei duas vezes o seu nome e você me respondeu de uma cisterna subterrânea.
Na verdade não foi você,
mas uma voz que era em parte sua, em parte da minha mãe.
Não se preocupe:
não estou misturando. Ela é ela e você é você. Cuide-se bem
e trate de não pular numa piscina vazia. P.S. — Se tiver uma oportunidade,
dê uma passada para ver como vai meu pai. Não acho que ele esteja
se lamentando, eu também não estou. A luz aqui é muito agradável para os olhos, nas
horas em que não ofusca.

ABENÇOADOS

Doce é a luz para os olhos. A escuridão enxergará dentro do coração. A corda
segue o balde. O cântaro se quebrou na fonte. O humilde colono que nunca na vida
pisou no assentamento dos tolos vai morrer em agosto de câncer no pâncreas.
O policial que gritou lobo lobo e era alarme falso morrerá em setembro do
coração. Seus olhos
são doces e a luz é doce mas seus olhos não existem mais
e a luz continua aqui. O assentamento dos tolos foi fechado, e no seu lugar
abriram um shopping center. Os tolos morreram. Diabete.
Rins. Abençoada é a fonte. Abençoado é o balde. Abençoados serão os pobres de
espírito
pois eles herdarão o lobo lobo.

SAUDADES DO RICO

Às sete horas da noite no café Limor com um certo Dubi
Dombrov, um sujeito
divorciado
de quarenta e poucos anos. Tem o hábito de ofegar como um
cachorro com
sede, forte e rápido,
pela boca. Seu cabelo ruivo está rareando, mas as costeletas
espessas chegam
exatamente até o meio do queixo. Como um par de parênteses,
pensa ela, dando uma boa olhada
nas pernas dele quando entra
e se senta, não de frente para ela, mas ao lado, sua coxa quase
encostando na
dela.
O objetivo do encontro é falar sobre o filme. Esse Dombrov é
o chefão de uma
produtora
que trabalha esporadicamente para o Canal Dois, ou espera
trabalhar num futuro
próximo. Com certeza
não exclui a ideia de produzir algo de diferente, para variar.
Algo experimental,
como o roteiro que Dita escreveu e lhe deu para ler. A única
condição é que
Dita arranje, vamos dizer, quatro mil — é pegar ou largar—, e
também
que a própria Dita seja a estrela, no papel de Nirit. O fato é
que enquanto
ele lia o roteiro,

essa tal de Nirit o deixou com o maior tesão. Na cama, à noite, é só ela que ele
despe.
Sonhos molhados — olhe o que você me arranjou, você e a sua Nirit. Jure,
ponha a mão no coração:
Nirit é você?
Que fique bem claro, sou um cara sério: eu e você e eu e eu.
Lança um olhar lascivo aos seios dela, leva à boca
uma colher de sorvete, e enfia a mão dela no meio das suas coxas, para que
sinta por si mesma
o tesão que lhe deu. Grande, parece um jumento. Dita retira a mão e vai
embora.

Sozinha em seu quarto, despe-se diante do espelho. Olha seu corpo: é
selvagem, desperta o desejo
dos homens e desperta também o próprio desejo. O corpo quer cama,
agora, quer Rico,
de qualquer jeito,
mas como — Rico não está lá.
Sente a urgência do desejo, o corpo assumiu o comando e ela não consegue
resistir.
Nua se atira na cama, arranca o cobertor e logo rola, encontra o travesseiro
mas não a calma. Deseja parar, mas o corpo diz não, agora já começou vai até o fim. Aperta o travesseiro. Respira pela boca como se ela também fosse uma cadela sedenta. Quer Rico.
Com a ponta dos dedos acariciava sua nuca, para que ele também sentisse um arrepio
na espinha. Escondia o rosto
entre as coxas dele e sua língua subia e descia loucamente

enquanto
seu corpo suspira e dele escorrem perfumes,
o corpo vazio é penetrado por uma terna melodia, as mãos se entrelaçam, ela
abafa um gemido,
mas está sozinha. Depois dá ternos beijos no próprio braço,
seis beijinhos.
E então enquanto adormece faz de cabeça as contas de quanto tem na
poupança, e pensa como conseguirá os quatro mil
para o curta-metragem sobre o amor de Nirit. Jura: Nirit é você?
Para essa pergunta, Dita não tem uma só resposta.

NEM BORBOLETAS, NEM TARTARUGA

A possibilidade de cair neve no topo das montanhas, prometida pelo rádio,
não se realizou. Mas Nádia, que nada prometera,
apareceu na sua porta um sábado de manhã, num vestido de cores claras
e uma echarpe vermelha no pescoço, algo assim
entre mocinha e mulher. Te fiz uma surpresa? Você está livre? (Se eu estou
livre? Oh, dolorosamente livre, seu coração se dissolveu
em constrangida alegria. Nádia. Ela veio. Visitar. A mim!)
Albert morava num quarto alugado, na casa de um casal sem filhos na parte
velha de Bat Yam. Os dois tinham saído para o fim de semana.
O apartamento era todo seu. Deixa Nádia sentada em sua cama e vai para a
cozinha cortar umas fatias de pão preto,
volta trazendo numa travessa uma grande variedade de alimentos, desde queijo salgado até
mel. Anda pelo quarto, volta
para a cozinha e corta alguns tomates, para fazer uma salada tão bonita
e bem temperada de modo que fosse impossível a ela não achar
que ele tinha razão. Não permite que ajude em nada. Faz uma
omelete. Põe a chaleira no fogo. Como um homem em seu elemento.
O que a deixou surpresa, porque até hoje, sempre que iam juntos a um café
ou ao cinema,

Albert parecia tão tímido e hesitante. E agora fica bem claro que na sua
própria casa ele faz o que quer,
e ele quer fazer tudo sozinho. Com a ponta do dedo ela toca sua mão:
obrigada. É gostoso aqui.
Café. Biscoitos. Mas como se começa um amor numa manhã chuvosa de
sábado como esta,
num quartinho pobre na velha Bat Yam em meados dos anos sessenta? (E nas
manchetes do jornal
sobre a mesa da cozinha, Nasser faz ameaças, mas Levi Eshkol adverte sobre o
risco de uma escalada de violência.)
A luz é escassa. O quarto é pequeno. Nádia se senta. Albert à sua frente.
Nenhum dos dois sabe como começar.

O candidato ao amor é um rapaz tímido, só em sonhos dormia com mulher.
Sente terror mas quer, quer
porém recua, por um medo difuso dos embaraços a que seu corpo o pode levar.
Enquanto a candidata ao amor, uma discreta divorciada, vive
numa água-furtada, trabalha como costureira, e seu passado é bastante
convencional. Não é nenhuma gazela
e ele nenhum cervo. De que jeito, e com o que se começa a amar? Nádia
sentada. Albert em pé.

Lá fora, pela janela, via-se chover de novo, a chuva cada vez mais pesada
caindo em bátegas, batendo nas fileiras cinzentas
de persianas de asbesto, na rua molhada e vazia; martelando

sobre as latas de
lixo viradas,
fazendo brilhar o vidro das janelas bem fechadas,
despencando com força nos
telhados e nas florestas de antenas
que tremem ao vento gelado que açoita as tinas de zinco
penduradas nas áreas
de serviço.
E as calhas grunhindo e se engasgando, como um velho que
dorme e acorda
aos sobressaltos. Como se começa
um amor? Nádia em pé. Albert sentado.

Através da parede do apartamento vizinho se ouve o programa
de sábado
de manhã. Qual é a música. Yitzhak Shimoni.
Nádia está aqui, mas onde estou eu? Tenta contar a ela umas
novidades do
escritório, para não deixar o fio da meada
se romper.
Mas o fio não era fio nenhum. Ela espera e ele espera pelo que
virá no final do fio.
O que viria? E quem o traria? Constrangida. Constrangido.
Ele não para de
explicar um assunto, é sobre economia. Em vez de palavras
como crédito e débito, Nádia ouve Minha irmã,
minha noiva. E quando ele diz mercado de ações, compra e
venda, ela traduz,
Teus olhos são como pombas.
Enquanto ele fala ela estende a mão, pega uma almofada, e
Albert treme pois,
no caminho, o calor dos seus seios lhe roçou as costas.

Cabe a mim fazê-lo superar esse terror. O que, por exemplo,
faria no meu lugar, agora, uma mulher mais experiente? Uma
mulher ousada? Ela o

interrompe: parece que de repente
entrou um cisco no olho dela. Ou uma mosquinha. Ele se inclina para examinar
o olho bem de perto. Agora o rosto dele
está bem perto da testa dela, ela pode segurar-lhe as têmporas e assim
finalmente trazer os lábios dele
para um primeiro beijo pleno de desejo e prazer.

Passadas duas semanas, no quarto dela, lá em cima, na água-furtada, entre uma
pancada de chuva e a outra pancada de chuva, ele lhe pediu a mão. Não disse,
Seja minha esposa, mas pediu assim: Se você se casar comigo, eu também me
caso com você.

Como era o segundo casamento de Nádia, fizeram uma festinha íntima, na
casa do irmão dela e da cunhada,
com um punhado de parentes e alguns amigos, e o casal idoso que alugava o
quarto para Albert. Depois da cerimônia, depois da festa
foram de táxi para o Hotel Hasharon. Albert abre os ganchinhos de ferro
apertados demais nas costas do vestido de noiva,
um por um. A noiva apaga a luz e ambos se despem,
com recato, na escuridão total, em lados opostos da cama. Depois, às
apalpadelas, um encontra o outro.
Ela sente que terá o que ensinar: afinal, presume-se que ela saiba mais do que
ele. Afinal das contas,
revelou-se que o tímido Albert tinha algo a lhe ensinar que ela não sabia e
nem imaginava: a grande onda, ampla e fluida, de alegria,

vinda de alguém que só é tímido com a luz acesa, mas é
insaciável na
escuridão de breu. No escuro
ele está no seu próprio elemento: de novo, nada de borboletas
nem tartarugas, mas como o cervo que corre em busca de
água, o pássaro que voa
em busca do ninho.
O peito dele contra as costas dela, e também ventre contra
ventre, cavalo
e cavaleiro, de todos os jeitos.

E O QUE SE ESCONDE POR TRÁS DA HISTÓRIA?

O Narrador fictício tampa a caneta e afasta o bloco de papel. Está cansado.
Suas costas também. Ele se pergunta como foi
que lhe saiu uma história dessas — uma história que vem da Bulgária, passada
em Bat Yam, metrificada, e até mesmo, aqui e ali, rimada. Agora que seus
filhos já estão crescidos
e ele conhece a alegria de ter netos, escreveu vários livros, viajou, deu
palestras e foi fotografado, por que de repente
voltou a fazer versos? Como nos maus tempos de sua juventude,
quando costumava fugir à noite para ficar sozinho na sala de leitura, lá na
extremidade do kibutz, cobrindo páginas e páginas
ao som dos uivos do chacal? Um rapazinho anguloso, cabelo de palha,
marcado de acne, sempre engolindo insultos, às vezes, com sua conversa
empolada, despertando
algum escárnio e alguma piedade, rondando os quartos das meninas, talvez
Guila ou Tsila gostariam
que ele lesse para elas um poema que acabara de escrever? Imaginando
ingenuamente que uma mulher se ganha com uma poesia. E entretanto, às
vezes ele conseguia
bulir com alguma coisa dentro dessas garotas, e mais tarde, em

plena noite, ele
as acompanhava quando elas desciam para dar e receber amor
no bosque —
não com ele mas com rapazes musculosos que trabalhavam no
campo, e que
colhiam com alegria aquilo que ele, com suas palavras, semeara
quase em
lágrimas.

Tem quase sessenta anos esse Narrador, e poderia resumir as
coisas assim:
existe amor
e existe amor. No fim todo mundo, de um jeito ou de outro,
acaba sozinho: os
rapagões morenos de peito cabeludo, e Tsila, e Guila, e Bettine,
e Albert, e também este Narrador. O que escala montanhas
no Tibet e a que
bordava no silêncio do seu quarto. Nós vamos e voltamos,
olhamos e desejamos, até que fechamos e saímos. Silêncio.
Nasceu em
Jerusalém, vive em Arad, já olhou ao redor e já desejou isso e
mais aquilo.
Desde criança sempre ouviu, com impaciência, sua sofredora
tia Sônia dizer
vezes sem fim
que cada um deve se sentir feliz com a parte que lhe coube. Por
cada
coisinha devemos agradecer. Agora ele se encontra, por fim,
bem próximo a essa maneira de pensar. Tudo o que está aqui,
a lua e a brisa, a
taça de vinho, a caneta, palavras, ventilador,
a lâmpada de mesa, Schubert ao fundo, e a própria mesa: um
carpinteiro que
morreu há nove anos
trabalhou muito e fez essa mesa para você, e isso para te lembrar
de que as coisas

já existiam quando você chegou. Desde a luz das estrelas até as
azeitonas ou o
sabonete,
desde um barbante até um cadarço, desde o lençol até o outono.
Não seria
nada mal
deixar, em troca, algumas linhas dignas do nome.
Tudo isso está diminuindo. Desintegra-se. Esvanece-se. O que
existiu
vai aos poucos se descolorindo. Nádia e Rico, Dita, Albert,
Stavros Evangelides, o grego, que trazia de volta os mortos e
agora está morto,
ele próprio. As montanhas do Tibet
vão durar um pouco mais, assim como as noites, assim como o
mar. Todos os
rios fluem para o mar, e o mar é silêncio,
silêncio, silêncio. São dez horas da noite, os cachorros latem.
Pegue a caneta e
volte a Bat Yam.

REFÚGIO

Dita está na soleira. Em suas costas esguias a montanha de uma mochila, com
outro volume amarrado em cima, segurando nas mãos uma bolsa
e vários sacos plásticos: vem pedir refúgio por um ou dois dias,
uma semana no máximo, se não for abuso. Acabou sem apartamento e sem
dinheiro — as economias e tudo mais. Encontrou um produtor de cinema e
foi levada na conversa. Mas por que
você está parada aí na porta? Assim você vai cair. Entre. Depois você me
conta tudo. Vamos pensar no assunto. Vamos tirar você dessa enrascada.

Tomou dois copos de refresco. Tirou a roupa. Tomou uma chuveirada. Por um
momento
deixou-o constrangido ao aparecer enrolada na toalha, coberta do peito até as
coxas. Veio, parou na frente dele na cozinha e lhe contou em detalhes
como fora ludibriada. Os pais viajaram para fora do país, a casa deles está
alugada, e ela simplesmente não tem
para onde ir. Para Albert, de nada adiantou baixar os olhos para o chão:
ver os pés nus
já fazia seu coração brigar com o corpo.

Este é quarto do Rico — agora é todo seu. De qualquer forma
está fechado, vazio.
Olhe, aqui está a roupa de cama. Ali é o ar-condicionado.
O guarda-roupa dele
não é
muito organizado, mas ainda sobra algum espaço. Trago um
refresco gelado
para você, só um momento.
Deite-se. Descanse um pouco. Depois nós conversamos. Se
você precisar de mim
para alguma coisa
basta dizer Albert e eu venho na hora. Não se envergonhe. Ou
então basta vir
ao meu escritório. Logo ali. Estou terminando um balanço.
Você não
incomoda de jeito nenhum.
Pelo contrário: já faz tempo que —
Disse e estacou. Sob a toalha os quadris dela suspiravam
e ele enrubesceu como se pego em flagrante.

ENVOLTO EM TREVAS, ADIVINHA A LUZ

Viúvo e pai. Homem regrado. Cidadão honesto.
À noite, na cama, consome-se de vergonha:
do outro lado da parede dorme uma mulher.

Tenta dormir, não consegue. Ela está sozinha
no quarto ao lado, nua, de lado.
Minha filha, minha nora. Miúda. Menina.

Acende a lâmpada de cabeceira, pisca os olhos
para o filho e a esposa, na foto sobre o criado-mudo.
Vai à cozinha. Está com sede.

Bebe. Volta ao quarto. Senta-se à mesa
surpreso consigo mesmo. Frente à tela do computador.
Digita no teclado: verão difícil.

Do jardim lá fora, na escuridão um pássaro o chama
Envolto em trevas adivinha a luz
Lembre-se, *narimi narimi*.

Inquieto se levanta: o anseio de cobri-la,
de estender sobre o sono da jovem suas asas de pai.
Sufoca o desejo. Volta para a cama.

Tenta ignorar a carne. Vira e revira. Hesita.
Acende a luz outra vez: são cinco horas.
Serão nove horas, então, no Tibet.

EM LUGAR DE UMA ORAÇÃO

São nove da manhã no Butão. Sem os holandeses. Num banco do bosque
senta-se um jovem enrolado num cobertor. Absorve as sombras, montanhas
entre montanhas.
Um silêncio tranquilo recobre tudo. Vazia e estranha flui a luz por aqui,
luz que anseia pela sombra. Luz fazendo sombra sobre si mesma. Vento na
relva. Um vale deserto.
A paz verdadeira virá, com certeza.

A MULHER MARIA

Ela se lembra dele: o último rapaz. Sua testa. Seus olhos. O gemido de gozo.
O toque de seu braço, o jorro de seu sêmen. Depois que todos saíram
ele voltou e beijou-lhe os pés.

A PENA NEGRA

Depois de quatro noites conturbadas, decide voltar à rua
Bostros para uma
segunda visita ao velho
grego que traz os mortos de volta. Pois em sua visita anterior
tudo que seu
dinheiro comprou foram dois copos d'água —
da primeira vez água morna, na segunda, fria e fresca. E a
imagem do
Crucificado ainda menino,
como se nesta Paixão a Crucificação e a Ressurreição tivessem
acontecido antes
do milagre de Lázaro e de todos os outros milagres. Ao sair
vira uma mulher andando na rua que se parecia um pouco
com ela, de costas.
Desta vez não desistiria. Iria atrás dela até os confins.

O senhor Stavros Evangelides é um bruxo de oitenta anos,
com a cabeça calva
toda sarapintada de manchas marrons, verrugas
e escassos tufos de cabelo eriçado. Seu nariz é fenício, grande
e grosseiro, mas
os dentes são jovens e os olhos inocentes,
como se vissem apenas o bem. Eles fitam o visitante de uma
fotografia sépia
numa moldura de conchinhas. Em sua casa vive
uma velha esquelética, curva como um corvo, a pele coriácea,
toda rachada,
uma boca cruel. Ela lhe faz sinal para sentar, pede o pagamento,
conta o

dinheiro,
sai, volta, lhe dá de beber um copo com uma bebida de gosto amarelo.
Enquanto bebe, ela se inclina sobre ele. Doce e terrível,
o cheiro da sua carne o atinge, cheiro de podre. Ela espera.
Imóvel. Sua roupa é bordada. Uma ou duas vezes seu bico se escancara,
ressecado de sede, fecha-se e logo se abre uma fenda. *Narimi*, gritou com voz
roufenha, e saiu voando. No colo dele,
resta uma pena negra.

O AMOR DE NIRIT

Dubi Dombrov - acorda às dez da manhã, suado, tonto e sombrio,
vai ao banheiro dar uma mijada, as pálpebras ainda coladas, depois abre a
torneira e lava-se em água fria.
Pensa em fazer a barba. Desiste. Veste a mesma camisa cheirando a azedo do dia anterior e
vai aos trancos e apalpadelas até a cozinha fazer café.
Ao pegar no escorredor uma xícara limpa, uma aranha foge rápida. Ora, por quê?
O que que há? O que foi que eu fiz? Que mal eu te fiz? Por que até você foge
de mim?
Descalço e cansado, senta-se, e, enquanto espera a água ferver,
lembra-se de *O amor de Nirit*, aquele roteiro
de Dita Inbar. E o dinheiro. Na verdade o que fiz não foi muito honesto,
mas a culpa foi só dela,
por que precisou jogar bem na minha cara que tinha nojo de mim,
como se eu fosse um sapo do brejo?
Um homem repulsivo também tem direito de sentir atração por uma
mulher e a sentimentos mais nobres
que a mulher pode até resolver ignorar, mas por que esfregar sal na ferida?
Por que demonstrar a repulsa? E justo quando eu pensava que
ela era diferente das outras, mais sensível.
Erro fatal o meu — como um imbecil eu a identifiquei com o

roteiro que ela
escreveu,
onde essa tal de Nirit sente pena de um homem nada atraente.
E em relação ao
dinheiro, ninguém
jamais me devolveu nada. Todo mundo sempre tomou de mim.
Todos e todas
só me ofenderam.

UM SALMO DE DAVI

Em casa de enforcado não se deve mencionar a corda que segue
o balde. Não é em vão que a mulher se deixa enfeitiçar por uma
sombra noturna,
e dá seu corpo a um menestrel ambulante em Adulam, ou aqui
nas planícies
do Butão. Na sua idade, Davi, o de lindos olhos, não tocava harpa,
apenas com a flauta fazia as corças dançarem. E foi com esse
instrumento
que atraiu para si Mihal e Ahinoam e a Carmelita, como se
atadas a uma
corda.
Um instrumento tão leve e singelo que, no entanto, fascinava as
jovens com esse som
singular.
Rapaz atrevido e bastardo, de rosto corado, que saltava e dançava
e
pastoreava seus rebanhos
entre os lírios, correndo atrás do vento e deflorando as mulheres
cuja carne
se eriçava em tormentas
sob sua mão, destra na funda, regada com o sangue dos heróis.
Errante, feroz, amoroso, abateu dez mil,
e tornou-se rei. Depois de muitos anos, naquele grande carvalho,
a corda
seguiu o balde. Daí veio o luto. A casa do enforcado. E depois a
harpa
dos salmos. Por fim veio a adaga. Como o dia declinou. Passou.
Agora tudo é pó.

DAVI SEGUNDO DITA

Como o dia declinou. Quando falávamos sobre o rei Davi, como foi que
chegamos a falar sobre ele? Você se lembra? Uma noite de sexta-feira na casa de Uri
ben Gal,
na rua Melchett. Você me puxou para fora da festa, para a varanda,
e na janela em frente um homem musculoso, vestido com uma camiseta e a
sua solidão, limpava
os óculos contra a luz. Colocou-os, viu que o estávamos olhando
e baixou a veneziana. Então por causa dele você me contou
o que te atrai em um homem: tipo Charles Aznavour, ou
Yevgueni Yevtuchenko. Deles, você passou ao rei Davi. O que
te atrai é um lado faminto, um lado sacana e um lado sonso.
E ainda me mostrou da varanda, naquela noite,
como Tel-Aviv é uma cidade banal, áspera, sexy.
Não se vê pôr do sol nem estrela, só se vê como o reboco
descasca por excesso de adrenalina, cheiro de suor e diesel,
cidade cansada que não quer dormir no fim do dia — quer
sair, quer ver o que acontece, quer que termine, e quer mais e mais. Mas Davi, você disse,
reinou trinta anos em Jerusalém, a austera cidade de Davi, que
ele não suportava e que não o suportava, com seu frenesi, inquietação e
exuberância permanente. Combinaria muito mais com ele se reinasse em
Tel-Aviv, desse umas voltas pela cidade como general da reserva, ao mesmo tempo pai

enlutado e conhecido mulherengo, bon vivant infatigável e rei, compositor
e poeta. Daria às vezes um belo recital de salmos num centro cultural
e de lá esticaria num pub, para beber em companhia dos tietes, moças e
rapazes.

ELA O PROCURA, ELE ESTÁ OCUPADO

Ela lhe fez um chá e traz uma bandeja com pãezinhos, azeitonas
e queijo
de ovelha.
Está descalça no umbral da porta do quarto dele, sentindo-se
meio filha, meio
garçonete,
esperando que vire a cabeça cansada. Mas ele nem nota. Está
curvado
sobre um documento,
absorto, checando os detalhes do funesto contrato que ela
assinou com tanta
imprudência.
Dita foi ludibriada. Tinha tantas esperanças. Ele descobre que
em troca do
dinheiro ela ganharia
não um compromisso, mas na melhor das hipóteses apenas
uma declaração
de intenção.
É um contrato desprezível, mas também tão cheio de furos que
mesmo sem
advogados
há uma boa chance não só de salvá-la como de pressionar o
sujeito para
que devolva o dinheiro.

Descalça, com a bandeja, espera que ele note sua presença. Se o
chamar, sua voz vai assustá-lo.
Ontem à noite ela disse Albert e ele levou um tremendo susto,

quase pulou da
cadeira.
O que vai acontecer se ela tocar sua mão, não como uma mulher,
mas como
uma criança que pergunta, Até quando você vai ficar ocupado?

Ele olha no relógio: dez para as cinco. Dez para as nove lá no
Nepal.
Esse cara vai devolver o dinheiro a ela, e como! Vamos
assustá-lo um pouco.
No encontro de amanhã lhe mostraremos, aqui
e aqui, de que forma podemos apanhá-lo se tentar bancar o
esperto. Por outro
lado, se ele reconhecer seu erro e repará-lo,
da nossa parte poderemos talvez abrir mão de providências
mais drásticas.

Enquanto ele ainda toma notas numa folha de papel, chega a
bandeja e o toque
da mão,
não como filha mas como uma aluna atrevida, provocando
deliberadamente um professor de meia-idade, tímido mas
querido.

NÃO ESTÁ PERDIDO, E MESMO SE ESTIVER

Silêncio cristalino, celeste, transparente.
O vento se extinguiu. Sobre as planícies desertas
desce a geada, cortina de vidro.

Gélido e vazio. A perder de vista. Logo além do horizonte,
de acordo com o mapa, há uma aldeiazinha.
Nem sinal da aldeia. Talvez esteja perdido.

Vai continuar mais um pouco. Se estiver perdido
não importa: é desistir e voltar
em silêncio. Tal como veio.

A estrada é plana. A geada, fina e brilhante.
Em frente ao mar seu pai o espera
e mais além, ao fundo, o espera sua mãe.

DESEJO

Seu pai o espera e sua mãe também, e Dita está com eles numa
estranha
cabana
e a mulher Maria, e a sombra das montanhas e o rugido do mar,
e também
David e Michal e também Jonathan,
e não há limite para a imensa saudade que sentem: muitas águas
não apagarão
e grandes rios não conseguirão afogar. E eis que ele volta para
eles, repleto.

COMO UM AVARENTO QUE FAREJA RUMORES DO OURO

Mas o que o Narrador está tentando dizer? Estará ressentido?
Estará o sangue
golpeando, ou o coração
doendo, ou a carne se eriçando, chegando ao limite? Então,
fez uma lista de
palavras: na palavra florestas, um medo
difuso. Na palavra colinas, um mundo de luxúria. Se você diz
casebre, diz
capim, ou caminhante, chuva,
compaixão, ele logo se acende como um avarento que fareja
rumores do ouro.
Ou se, por exemplo, o jornal
da tarde traz a expressão outros ventos, lá vou eu direto
mergulhar duas
vezes no mesmo rio.

VERGONHA

Um avarento que fareja os sussurros do ouro deveria vestir luto, envolver-se
em negro luto. O senhor Danon está trabalhando, como sempre,
elabora um balancete na tela do computador. Próxima tela. Tela anterior.
Checa os dados, um por um, e seu coração não está com ele. Em vão
tenta afastar as fantasias, não encontra refúgio contra o cheiro dela. Seu cheiro
na toalha. Seu cheiro nos lençóis, para quem
telefonou, com quem falou. Seu cheiro na cozinha para onde ela foi para onde
ela foi quando será que ela volta
pelo corredor seu cheiro na sala de estar seu cheiro com quem ela saiu o que
será que existe entre os dois. Seu cheiro no banheiro para onde ela foi e se for
enganada outra vez. O aroma do xampu. Seu cheiro nas roupas para lavar.
Para onde ela foi. Quando ela volta. Vai voltar tarde. Nas montanhas do
Himalaia hoje já é amanhã. Para onde eu posso fugir do cheiro dela.

Está deitado no escuro com a alma na mão. Seus seios são tão macios, seu
suco escorre por entre as coxas, mas ele
está sozinho. Com metade do seu prazer ainda quente em sua mão ele se

arrasta até a pia do banheiro, arrasado. Um homem da sua idade.
A namorada de seu filho. O certo seria vestir luto fechado, enrolar-se num
manto negro. Para onde o levará sua infâmia? A partir de amanhã vai sumir daqui à noite e buscar o sono em algum hotel. Quem sabe Bettine
lhe dará abrigo?

ELE SE PARECE

Seria interessante saber no que ela está pensando agora, qual a fonte daquele sorriso secreto, de gata sonolenta, satisfeita. Ela se lembra de uma manhã de amor num hotel em Eilat, na primavera. Não estava com vontade de dar um mergulho, nem de se levantar. Os dois se deixaram ficar na cama com o ar-condicionado ligado, saciados dos jogos noturnos, ela com meio biquíni e ele totalmente nu, ambos com a pele ainda rosada e aquecida pelo sol da praia do dia anterior. Café na bandeja, desjejum no quarto, jogavam cartas, dando risada por qualquer coisa, procurando uma rima para lima. Fina e tina. Rolavam de rir. Clandestina, clandestino. Menino, destino. Daí com papel e lápis, fazendo listas de palavras que são iguais quando lidas de trás para a frente. Morrendo de rir disso também. Ovo. Radar. Ama. Ave, Eva! Quem descobrisse uma palavra nova tinha direito a uma prenda. Durante esse jogo Dita descobriu algo que nunca havia notado antes, que Rico conseguia escrever com as duas mãos. Nunca vi isso na vida. Agora vamos ver se você é capaz de escrever com os dedos dos pés. Ele tenta, rabisca alguma coisa e provoca grandes gargalhadas. Explica que não tinha nascido ambidestro, mas canhoto, porém seus pais o obrigaram a escrever com a mão direita, e chegavam a castigá-lo se escrevesse com a esquerda. Especialmente sua mãe, pois na terra dela ser canhoto era considerado um defeito, sinal de falta de educação, de origem plebeia. Eles me forçaram a escrever com a direita, e o resultado é que agora escrevo com as duas.

Ela tomou-lhe as duas mãos e as colocou aqui e aqui — vamos ver qual das duas é mais canhota. Acabaram brincando de deflorar a virgem e de seduzir o monge, até pegarem no sono.

Mais tarde tomaram uma chuveirada e desceram, esfomeados, procurando um restaurante de frutos do mar, e à noite foram dar uma nadada. Agora ela se lembra, agora ela o deseja. Foi ao cinema com Uri ben Gal, foram comer alguma coisa num bar próximo ao porto e, depois, foram para a casa dele. Quando voltou para casa já era quase uma da manhã, todavia encontrou o velho acordado, esperando. Estaria preocupado? Estaria com ciúme? Tinha lhe preparado um lanche que ela não comeu porque não estava com fome. Mas sentou-se na cozinha com ele durante uma meia hora e ele se queixou de como a vida era triste e monótona naqueles dias, e até mesmo, de passagem, queixou-se da mãe de Rico. Por fim, imbuído de coragem noturna, revelou que tinha uma namorada, não exatamente uma namorada, uma amiga, que trabalhava no Departamento de Tributação sobre a Propriedade, aliás não era bem amiga, mas uma relação de natureza indefinida. Dita ficou bastante curiosa para saber se ele já havia encostado a mão na sua relação de natureza indefinida, mas não sentiu o clima adequado para perguntar. Interessante, por que será que ele me contou? Quando contou, foi como se escrevesse uma palavra, logo apagasse e escrevesse outra por cima, e isso a fez lembrar do filho. E também a maneira que ele tinha de enfiar o dedo entre a gola e a nuca, sem nenhum motivo, ou de explicar as coisas como se estivesse enfiando contas num colar. Será que ele também é canhoto, mas ainda não se revelou? Um homem tão sensível. Tão doce. Só queria saber quando será que ele dorme.

O NARRADOR COPIA DO DICIONÁRIO DE AFORISMOS

Aquele que passou pelo fogo e pela água, aquele que prometeu montanhas
e colinas,
não deu em nada. Deu em queixumes. Deu em cólera,
mas ganhou experiência. Não descansou nem herdou.
Chegou às migalhas de pão. Chegou ao fim,
chegou ao Dia do Juízo, chegou ao fundo do poço,
chegou ao vale do acerto de contas.

POSTAL DE TIMPHU

Papai e Dita. Ontem quando conversávamos a linha caiu. Não
consegui dizer
como estou satisfeito
em saber que vocês dois estão juntos em casa. É bom que
vocês não estejam
sozinhos,
nenhum dos dois. É uma boa solução para ambos, assim você
cuida dela e ela
cuida de você etc. etc.
Cozinham, comem, lavam a louça, cada vez um leva o lixo para
fora. Eu
gosto desse casal
pai e filha, dessa relação de mão dupla, como se você, papai,
tivesse ganho
uma filha e eu e mamãe tivéssemos ganho uma dublê.
Papai, está claro que é você quem coloca a roupa dos dois na
máquina de
lavar, sem separar as suas e as dela,
mas juntas, separando apenas algodão e sintéticos. E Dita,
imagino que a você
cabe fazer as compras na quitanda para os dois
e você, pai, é quem faz as saladas, ainda não nasceu alguém
cuja mão consiga
cortar verduras mais fino que você. Dita, quer dizer que você
acabou sem dinheiro e sem apartamento, mas pai, você vai
ajeitar isso para
ela. E como mamãe dizia,
não há nuvem negra sem um raio de sol, e esse sol é bem intenso.
Dita, quase

consigo ver você dormindo na minha cama,
onde você, papai, vem todas as noites cobri-la, como fazia comigo, mas Dita
sempre empurra
e chuta de novo as cobertas, e se descobre.
A anarquista do sono. O oposto da mamãe, que mesmo nas noites de verão
se enrolava toda como uma múmia. Usava uma camisola azul-clara
com rendinhas. Por que você não pede a ele para experimentar usá-la uma vez? Papai não recusaria.
Essa camisola está na prateleira de cima do guarda-roupa, à esquerda. O pouco
que mamãe precisa agora ela pode encontrar
comigo: ela, que nunca aguentou viagens longas, que não conseguia dormir
numa cama desconhecida, às vezes
viaja até aqui, e claro que eu não a mando embora.

CAIU NA ARAPUCA

Um sujeito repulsivo com as axilas suadas, quarenta minutos atrasado, pede desculpas, Bat Yam para ele é como Bombaim, seu cérebro se desidratou até conseguir encontrar aquele lugar, e ainda por cima estacionou em lugar proibido. Está claro que veio com a firme intenção de resolver a história do melhor modo possível, e até mesmo, digamos assim, de virar a página. No fim das contas, tudo não passou de um pequeno mal-entendido: ele vai usar o dinheiro dela apenas, se e quando, sair uma produção. Caso contrário, vai devolver até o último centavo (depois de deduzidas as despesas etc.). Pena que ela não está, pois ele gostaria de explicar tudo pessoalmente, dizer que o que passou, passou, e que suas intenções são as melhores possíveis, com certeza. O senhor Danon falou com toda a severidade: O contrato não é exatamente honesto, e a parte fiscal não é flor que se cheire. Enquanto falava, via o produtor sentado à sua frente, abatido, banhado em suor, descuidado, um cachorro se sentindo culpado, respirando pesadamente pela boca, quarenta e poucos anos, o cabelo ruivo rareando, costeletas fartas estilo Habsburgo descendo até o queixo, um sujeito sombrio que mulher alguma, exceto a própria mãe, jamais havia tocado sem ser movida por algum interesse. O senhor Danon traz uma garrafa de água mineral, serve um copo, mais outro e mais outro. Enquanto o produtor bebe como se morresse de sede, o senhor Danon pondera sobre a expressão "benefícios em espécie", que cheira a trambique, mas também tem algo de desesperado. Como a palavra "astucioso".

O senhor Danon fala num tom de reprimenda educada, afetando um tom paternal. O produtor ouve com a cabeça inclinada para o lado e a boca aberta, como se sua audição estivesse localizada na garganta e não nos ouvidos. Pelo menos três vezes insiste em dizer que é realmente um homem honesto, que a Dombrov é uma empresa respeitável e que sentia muito ter dado aquela impressão. Ali mesmo assinou um compromisso de devolver o dinheiro integralmente, em duas parcelas iguais. Digamos que há uma grande possibilidade de que esse filme se realize, ela é muito talentosa e escreveu uma joia de roteiro, embora não exatamente do tipo cotado no mercado hoje em dia. Depois de assinar, continuou sentado mais uma meia hora e liquidou com outra garrafa de água mineral, falando sobre a situação da mídia, pervertida pela comercialização, como dizem, e que se pode, na verdade, afirmar que está engolindo tudo por aqui. O senhor Danon foi buscar mais uma garrafa de mineral, já que Dombrov — pode me chamar de Dubi — demonstrava uma sede insaciável. E continuava, insistindo em aparentar modos afáveis e inspirar confiança, pronto para se rebaixar de modo a causar uma boa impressão. Começou a dissertar sobre uma ideia que concebera acerca do eterno conflito entre arte genuína e gosto popular. Assim, consegue permanecer mais algum tempo na companhia do seu paternal anfitrião, que lhe parece ponderado, interessado, exatamente como ele próprio ficaria feliz em se apresentar no palco da vida sem nunca ter conseguido. E além disso, sobre esse outro assunto, os impostos, já faz alguns anos, ele é cliente do contador senhor Fulano de Tal, de quem nunca recebeu nem um grama de calor humano. Seria do seu interesse, digamos assim, que eu me transfira para suas mãos? Para que o senhor cuide de mim pessoalmente? Isto é, como um cliente que uma vez ou outra precisaria do auxílio de uma mão capaz de orientá-lo? Na verdade, "mão capaz de orientá-lo" pode parecer uma expressão religiosa, ao passo que ele é, digamos assim, um leigo radical, embora haja momentos — bem, mas isso não tem nada a ver com o assunto de que estamos tratando. Desculpe, ele perdeu o rumo de novo. Dizia que precisa de uma mão capaz de guiá-lo. Na verdade, está desse jeito desde que a mulher o abandonou, atraída por um cantor famoso. E, falando nisso, também os pais, ambos morreram num desastre aéreo da El Al quando ele era pequeno. De maneira que agora, digamos, na atual conjuntura de sua vida, está se acostumando, a duras penas, com o fato de que provavelmente nunca vai ser um Steven Spielberg israelense, ao que parece. "Cair na arapuca" é uma expressão que em geral quer dizer uma compra irrefletida, mas em seu caso descreve uma condição verdadeira, tanto do ponto de vista comercial como pessoal, e ainda, digamos assim, existencial. Mas como foi que chegamos a esse assunto? Afinal, estávamos falando apenas sobre um aconselhamento tributário e o balanço financeiro anual.

O senhor Danon pede desculpas, não podia assumir mais nada, assoberbado de trabalho etc., mas por fim, já na porta, para surpresa de ambos, de repente ele se ouve pronunciar as palavras, Dê uma ligada. Vamos conversar. Vamos ver.

ELA SAI E ELE FICA

Às seis da tarde ela acorda de uma pesada sesta. Toma uma chuveirada, lava o cabelo. Para
na porta do quarto dele, em cima da pele apenas uma camiseta molhada que
chega ao limite da calcinha. Dormi
como uma pedra, preciso correr para o trabalho (recepcionista de hotel). Seja
um cara legal
e me empreste duzentos shekels só até o fim da semana, tá?
Tem arroz com frango na geladeira e à noite
depois do noticiário vão mostrar um programa sobre o Tibet. Dá para você
assistir e me contar amanhã? Ela penteia o cabelo,
se veste e torna a parar na porta dele. Bye, e não se atreva a ficar me
esperando, trate de dormir,
não se preocupe comigo, prometo não aceitar doces de nenhum desconhecido.
Ela lhe sopra um beijo
e o deixa trocando a lâmpada do corredor, num profundo desespero.

QUANDO AS SOMBRAS O ENGOLFARAM

E se ela não voltar a noite inteira, o que ele vai fazer a noite inteira, e se voltar
à meia-noite e for direto para a cama
o que vai fazer enquanto ela dorme. Amanhã lhe dirá que o dinheiro dela
está a salvo, que de agora em diante está livre, e que ele
não serve mais para nada. Por volta das nove há um corte de energia, e como
um alpinista solitário vendo
a noite cair num lugar desconhecido, ele tateia no escuro, encontra uma
lanterna, as sombras giram ao redor. Cansado de sombras, ele
desiste e vai até a casa de Bettine, que também está no escuro, apenas uma pálida luz
de emergência
acesa ao lado da cama. E como a luz não volta e a lâmpada de emergência se
apaga, ele se vê contando que um passarinho não convidado, todo molhado, foi fazer seu ninho
lá na sua casa, e que ainda hoje ele próprio a tinha feito —
por quê?— bater as asas. Lendo nas entrelinhas, Bettine captou
seu segredo e o achou, por um lado, de um ridículo cruel, por outro, triste e
vergonhoso. Tomou a mão dele
na sua e ficaram ouvindo o mar ao longe, revolvendo-se nas profundezas
da escuridão, e então as mãos se estenderam e se tocaram, um abraço
tímido, sem se despirem, um pouco pela solidão da carne,

outro tanto por afeto e
compaixão. Bettine
soube por instinto que Albert estava imaginando uma outra ao
tocá-la, mas perdoou: não fosse pela outra,
nunca teria acontecido.

HARÉM DE SOMBRAS

Com mão sábia, mão firme e contudo macia, ele recuperou e devolveu a ela o
dinheiro perdido. E o que estava por vir?
Simplesmente que dali a um ou dois dias ela iria tirar do varal sua roupa de baixo, iria soprar-lhe
um beijo e desaparecer. O dano havia sido reparado, porém certa mão invisível, não a sua própria, e
com certeza não sua mão direita, possivelmente a esquerda, o havia frustrado,
talvez a mão do acaso, ou do destino, "mão zombeteira que põe tudo a perder".
Não tema. Não foi em vão. Com a sua partida, a sombra da morta voltará para
ficar com você.
E a sombra dela também. As sombras de duas mulheres. E também a de
Bettine. Um harém de sombras
À sombra do seu teto.

RICO CONSIDERA A DERROTA DE SEU PAI

Papai, sentado, lê o jornal. Papai assiste ao noticiário na TV. Seu rosto mostra dor, como um professor decepcionado: critica a situação do mundo, um mundo onde o ridículo já foi longe demais. Chegou a hora de tomar providências. Está decidido a reagir com energia.

A energia de meu pai não faz nenhum efeito. Energia de um pobre coitado.
Cansada, mortiça,
impotente. O que há nele, em vez disso, é um toque de tristeza. Um ar de
resignação. Um judeu de meia-idade. Humilde cidadão. O que poderá fazer e
acrescentar,
com suas débeis opiniões. E às vezes meu pai cita o versículo: Assim como as fagulhas voam para o alto, o homem nasceu para o trabalho.
Mas o que ele quer
me dizer com isso? Que eu voe para o alto? Que arranje um emprego? Ou que
não lute em batalhas perdidas? A severidade de meu pai. Seus ombros
derrotados.
Por causa deles parti. Para eles estou voltando.

RICO CONSIDERA UM VERSÍCULO QUE OUVIU DE SEU PAI

E há outro versículo escolhido do livro de Jó que ele sempre
repete para mim,
para que eu me lembre
que a riqueza e as propriedades não são as coisas mais
importantes: Nu saí do
ventre de minha mãe
e nu para lá voltarei. Sendo assim, por que essa corrida insana
para juntar e
acumular
riquezas imaginárias? Meu pai é cego
para o segredo oculto neste versículo: O ventre
dela está à minha espera. Saí. Voltarei. A cruz no caminho
não é tão importante.

A CRUZ NO CAMINHO

Rico caminha ao léu. E volta. Entre um sono e o próximo
ele não desperta. Vai de aldeia em aldeia, lugares remotos. Um
dia aqui, um
dia ali.
Encontra israelenses, o que há de novo em Israel e adormece.
Encontra
mulheres,
troca um primeiro sinal e desiste. Como uma tartaruga. Em
suas viagens já
atravessou
três ou quatro mapas. Qual é o problema então, se mais um
mapa o espera,
mais vales, outra escalada. Este panorama já se esgotou. Seu
dinheiro também,
quase. Com um pouquinho de sorte chegará até Bangcoc,
onde o espera o
dinheiro que seu pai enviou. E depois Sri Lanka. Ou Rangum.
No outono voltará para casa. Ou não. À pobre luz elétrica de
um albergue,
deitado,
nem dormindo nem acordado, como um doente, espera que as
coisas se
esclareçam, seja como for, de um jeito
ou de outro, vê no teto manchado de fuligem manchas de
montanhas
suspensas entre sombra e sombra. Não escalar, mas encontrar
uma entrada, ou
passagem, uma abertura, alguma fenda estreita, pela qual

PÁSSARO NO BERÇO DO MAR

Pouco antes da minha morte, um pássaro no ramo da árvore
me seduziu.
Narimi suas plumas tocaram-me e envolveram-me por inteiro
num útero
marinho.

Meu viúvo à noite orvalha seu berço, para onde foi
a amada de sua alma. Meu órfão adivinha sinais.
Noiva criança, dos dois tu és a esposa, tua é a minha camisola,
teu é o amor dos dois. Minha carne se consumiu. Põe sobre
mim o lacre.

HESITA, ENTENDE E CONCORDA

Albert retorna da casa de Bettine depois que a luz voltou e fica
um pouco
sentado sozinho na varanda. Ainda é
agosto mas a noite é quase fria, o vento fresco que vem do mar
é um pagamento antecipado
pelo outono. Quase uma hora, já são cinco no Butão. Toma um
suco da
geladeira e vai deitar. E ela, quem sabe com quem passeia agora
na cidade, talvez
esteja
tremendo em sua roupa leve. Levanta, estende um cobertor na
cama dela.
Então hesita,
faz que sim e estende sobre o travesseiro uma camisola azul —
pois o cobertor, decerto ela vai expulsar a pontapés durante o
sono.

CRIANÇAS DE FORA

E agora uma charada: o que há em comum, se é que existe algo em comum,
entre o produtor cinematográfico Dubi Dombrov, rapaz desleixado,
e o Narrador fictício que está prestes a trazê-lo de volta a Albert para uma
nova visita?
Além do fato de que ambos, produtor e Narrador, necessitam dos bons
serviços de um consultor fiscal,
podemos notar
alguns outros paralelos. Nós dois fomos crianças de fora. Órfãos em tenra
idade
precisando de uma mão que nos guiasse — que, como observou Dubi, é tanto uma
necessidade pessoal insaciável como, digamos assim, uma busca religiosa. Nós dois gostaríamos de criar ao
menos uma obra
que saia do jeito certo. E ambos estamos a caminho. Verdade que ele é um
sujeito desajeitado e desmazelado,
sua vida é feita de retalhos e farrapos, o que contrasta ostensivamente com o
famoso Narrador,
sujeito pedante que sempre guarda cada coisa em seu devido lugar. Mas isso é
apenas por fora. Dentro dele
também reina uma tremenda bagunça.

*

E nós dois estamos sempre com sede. Aliás, "arapuca" é uma
palavra que em geral descreve
uma compra imprudente, mas no nosso caso não se refere
tanto à precipitação do comprador
quanto à condição daquele que caiu na arapuca. E às vezes,
quando encontramos uma aranha ou uma barata na cozinha,
nem sonharíamos
em maltratar — mas quando a criatura foge de nós, ficamos
ofendidos.
Em geral
nos ofendemos com facilidade: ficamos ofendidos mas nos
contemos, e
continuamos a procurar mais ofensas. Com as mulheres
ele tem mais dificuldade: parece que o Narrador é auxiliado
por um certo halo
imaginário. E mesmo assim, tal como o produtor, ele não se
sente inteiramente
digno, um escroque que engana para conseguir favores:
da minha mãe, da minha irmã etc. Sem falar no fato de que
ambos os personagens são um pouco como Davi,
que sempre ansiou por adotar um irmão gentil e também um
pai durão-carinhoso, um pai austero que transmitisse ao filho
uma discreta censura. E contudo, adotar um pai, como se vê
no caso de Davi,
em geral acaba
numa batalha em que o papel do pai é sair derrotado, restaurando
assim para nós a liberdade
de ser órfão. Pode-se acrescentar ainda que tanto o produtor
malsucedido
quanto este Narrador
sabem que o verão está terminando.

RESUMO

Resumindo a história até aqui, pode-se dizer que esta é na verdade uma história sobre cinco ou seis personagens,
que em sua maioria estão vivos a maior parte do tempo, e muitas vezes
oferecem um ao outro alguma bebida quente ou fria, em geral fria, pois é verão. Às vezes trazem um para o outro uma bandeja de
queijos e azeitonas,
cálices de vinho, fatias de melancia, por duas ou três vezes chegaram a
oferecer uma refeição leve. Também se pode ver
a história desta maneira: vários triângulos que se entrecruzam. Rico, seu pai e
sua mãe.
Os dois amantes de Dita (Uri ben Gal não conta). Albert entre Bettine Carmel
e sua filha-nora
que desliza de quarto em quarto vestida apenas de camisola. E a própria
Bettine entre Avram e Albert,
sua escolha para um dia cinzento. Ao passo que Dubi está entalado entre o
desejo por Nirit e a firme repulsa da sua representante no mundo real.
Em lugar do amor das mulheres, sobrou para ele a sensata admoestação de um
pai.
Rico, entre o pai e a cruz, procura equivocadamente nas montanhas

sua mãe próxima ao mar,
apaixonado por Dita porém sem amá-la o bastante.
Dita ainda espera. E todos eles estão
entre sombras e sombras. Também o próprio Narrador, entre místico e
malicioso. Essa trama
parece um pouco com o bordado da barra da cortina na casa do necromante,
que morreu e deixou em seu lugar uma mulher-abutre. Ela não tem alma viva
e no entanto seu tecido exala
um antepasto aos vermes. E assim, sobre esta história cai também uma certa
sombra.

O PROCESSO DE PAZ

Hadhramaut. Em seu mapa esse principado aparece no sul
da Arábia, a leste de Bab-el-Mandeb, o Estreito das Lágrimas.
Quem sabe o
processo de paz
vai nos abrir o caminho para lá. Mas o que há ali? Dunas
movediças,
deserto, tocas de raposas. E aqui, neste templo abandonado?
Um solitário
monge budista, esquelético, pela portinhola te passa, sem dizer
palavra, uma
tigela de arroz frio
e desaparece. Não abrirá o portão: você ainda não merece. Em
outras palavras,
o processo de paz é lento e doloroso. Você terá de fazer
mais duas ou três concessões. Só não são negociáveis
as questões de vida ou morte.

NO MEIO DO DIA MAIS QUENTE DE AGOSTO

Na Melchett, casa de Uri ben Gal. De novo ela dorme com ele por ter pena de
si mesma. Enquanto ele a penetra, pensa no bom Albert, que teve tanto trabalho
e por fim encontrou para ela um conjugado na rua Maze, na parte mais
distante. Por um lado
é uma boa notícia, mas por outro não quer sair de lá de jeito nenhum: gosta de
estar com ele,
é tão carinhoso, dedicado, e aquele olhar faminto é também comovente.
Ainda mais doce
por ser proibido. Esse Uri é um grosso. Trepa como quem bate pregos ou
soma pontos no jogo.
De um jeito ou de outro, no fim cada um de nós acaba sozinho. Neste calor a
melhor coisa a fazer é ser monja no Tibet.

O ENIGMA DO BOM MARCENEIRO QUE TINHA VOZ DE BAIXO PROFUNDO

Na verdade eram parentes distantes, ambos nascidos em Sarajevo, Albert Danon, de Bat Yam e meu marceneiro Elimelech, que fez esta mesa de trabalho para mim e morreu há nove anos. O grande amor da sua vida, além da mulher e das filhas, era a ópera: um toca-discos em casa, outro na oficina e no carro, centenas de discos clássicos, dezenas de interpretações. A dois quarteirões de distância já dava para saber se a marcenaria estava aberta, não pelo zumbido da serra elétrica ou pelo cheiro de serragem e de cola, mas pelo som: *La Traviata*, *Don Giovanni*, *Rigoletto*, o homem era um viciado. Nós o chamávamos de Chaliapin, pois enquanto aplainava a madeira cantava em altos brados, desafinando terrivelmente, sem o menor pudor, descendo tão baixo com sua voz grave, profunda e ressoante, a ponto de fazer silenciar o canto do baixo mais profundo. Sua voz era como a voz dos mortos. *Profundo de profundis*. E contudo esse baixo tonitruante irrompia de um peito de modestas dimensões — na verdade o marceneiro Elimelech era um homem franzino, o rosto marcado por rugas irônicas, uma sobrancelha sempre levantada, um olhar contraditório: em parte pedia perdão e em parte era maroto e sarcástico, como se dissesse, quem sou eu, o que sou eu, mas também o senhor, cavalheiro, desculpe mencionar, veio de uma gota de cuspe e vai acabar como louça quebrada. A mesa que ele me fez, onde escrevo estas palavras, acabou saindo pesada. Sólida. Sem nenhum enfeite. Uma mesa com pernas de rinoceronte e laterais como ombros de estivador. Uma mesa de baixo profundo. Um objeto proletário, maciço como um lutador. Nada a ver com o marceneiro Elimelech, o homem que gostava de brincar e mexer com as pessoas, mas paciente, cruel, impiedoso, um verme secreto o corroía, implacável, até que um belo dia ele se enforcou. Não deixou nenhum bilhete, e ninguém soube explicar. Menos ainda sua mulher e suas filhas. Quando fui à casa do enforcado dar meus pêsames, tive a impressão de que o sofrimento havia sido adiado pelo impacto da surpresa: como se em todos aqueles anos nunca houvesse lhes ocorrido que ali, na sua própria casa, vivia com elas um estranho disfarçado, com identidade falsa, um marajá na figura de marceneiro, e agora o haviam chamado de volta, e ele, de imediato, sem uma palavra, despira seu disfarce de tantos anos e partira para retornar ao seu lugar. O último homem, literalmente o último homem no mundo que iria se enforcar. Jamais em nossa vida nenhuma de nós poderia imaginar que isto lhe passava pela cabeça. E sem nenhum motivo: pensando bem a vida o tratou muito bem, família, amigos, trabalho, era o tipo de homem, como dizem, satisfeito com o que tinha, e que sabia dar valor às coisas. Por exemplo, ele amava comer, sentar-se aqui nesta poltrona todas as noites e adormecer segurando o jornal, e amava especialmente aquelas suas óperas, que ouvia e cantava de manhã até a noite e, bem, às vezes nós achávamos que era um pouco exagerado, mas ficávamos de boca fechada, por que ele não poderia se divertir um pouco? Afinal, existem maridos cuja metade do salário vai embora na loteria esportiva e coisas do gênero, não perdem um jogo de futebol, e com ele eram as óperas. O senhor há de concordar que é um passatempo de gente culta. E também adorava divertir as pessoas, era o campeão das pegadinhas — campeão nada, rei. Talvez o senhor não acredite que naquela manhã, no máximo três horas antes da tragédia, ele estava fazendo uma omelete para as meninas e fingiu que engolia o azeite fervendo. Que susto nós levamos, até que começamos a rir. O que mais se pode dizer, meu senhor, cada pessoa é um enigma, até mesmo as mais próximas da gente. Trinta e cinco anos dormindo na mesma cama, você conhece cada fio de cabelo, doenças, segredos, problemas, as coisas mais íntimas, e no fim isso tudo não vale nada. É como se houvesse no mundo um Elimelech externo e um Elimelech interno. Que bom que o senhor veio. Obrigada. Vamos ser fortes. As meninas são maravilhosas, veja como se parecem com ele. Aceitam as coisas conforme as coisas vêm. Quando o senhor vir o Albert, diga a ele muito obrigada por ter se incomodado em vir ao enterro. Ele já não é mais um rapazinho, e Bat Yam é longe daqui.

A DUAS VOZES

Por trás do primeiro regato talvez se esconda um segundo.
Por causa da corrente impetuosa desse riacho, o primeiro,
quase não se pode ouvir o murmúrio
do segundo, o oculto. Rico está sentado numa pedra. Quem sabe
só se pode ouvir no escuro? Rico se dispõe a esperar.

CACHORRO SATISFEITO E CACHORRO FAMINTO

Se você é Uri ben Gal, agarra o mundo com as duas mãos porque só se
vive uma vez, e, como no Natal, de todos os galhos piscam para você
brinquedos, diversões, prazeres. Trabalha como consultor de segurança mas
defende ideias pacifistas, comparece às vezes a passeatas
e assina todos os abaixo-assinados. Apartamento e carro os pais te deram, para
eles realmente não é nada, e no lado mais doce da vida
você tem Ruth Levin e Dita, e tem uma outra, casada, mulher de amigo amiga
é, de qualquer forma ele nem desconfia (mais velha que você
e cheia de surpresas na cama), mas no fundo você não é egoísta, é até bem
generoso, você gosta de ajeitar as coisas
para os outros, quebrar galhos para os amigos, resolver o que os inquieta, não
será surpreendente se numa bela noite você chamar esse tal de Dombrov
para uma conversa de homem para homem, para esclarecer de vez o que está
acontecendo com aquele roteiro empacado: afinal estamos
falando de somas relativamente pequenas, e você também conhece uma fonte de onde
se pode sacar.

E assim vocês dois vão se sentar frente a frente no café Limor, você esperto e

animado enquanto ele parece amargo, dispersivo,
meio por fora do assunto. Você por exemplo diz "empréstimo"
e ele, em vez
de anotar descreve a tal Nirit. Você por exemplo abre o jogo,
está sabendo de um fundo, e ele, sombrio e distraído, olha bem
para o copo,
daí se inclina para frente e vira toda a cerveja, de um gole só.
Você está decepcionado, e até um pouco ofendido, será que ele
é assim
ingrato, ou é apenas tapado? De repente você percebe
que o problema não é o roteiro, mas é Dita. O rapaz tem ciúme.
Fica ali na
tua frente, se remexe na cadeira, humilhado e ofendido,
mas mesmo assim te procura. Não se atreve, mas adoraria
tocar tua mão,
aquela que toca em Dita, e por certo faz com ela,
como e quando ela quiser, coisas que para ele só acontecem nos
sonhos.

Agora mesmo, aqui, num estalar de dedos, seria
capaz de te vender um ano da sua vida ferrada pela sombra de
uma chance de
provar apenas uma vez uma migalha
daquilo com que você se empanturra às noites. Ainda mais do
que o corpo
dela, para você é doce essa inveja amargurada que estimula
tua glândula da soberba, e também ativa a piedade, e uma
vontade premente
de compartilhar o teu pão com o faminto, doar-lhe
uma noite com ela, presente secreto ou dádiva de excedentes.
E há também
uma surpreendente pontada de ciúme nesse coitado,
presente na chama da sede desesperada, um fogo que nunca ardeu
num cara como
você, e nunca arderá.
Agora você também está com sede, e manda vir mais duas

cervejas. Das
grandes, geladíssimas e espumantes.

STABAT MATER

Mas chega de preocupação. Fique tranquila. Veja você mesma
como estou me
cuidando bem,
como durmo, me encolho bem no fundo do saco de dormir,
protegendo-me
das rajadas dos ventos
gelados, de manhã até tomo leite fresco, das cabras montesas.
Não vou sumir
do mapa.

Não adianta. Ela está à minha volta. Preocupada. Achou um furo
no cotovelo
do meu suéter, as solas
lhe parecem gastas, e de onde é essa feridinha no meu rosto?
Coloca a mão
fria na minha testa
e a outra mão na sua, compara, é claro que estou mais quente.
Não confia em
mim.

E por que você se esquece de mandar ao teu pai um cartão-
-postal toda
semana? Lá não está nada fácil para ele. Vê se
cuida da tua namorada, bem, não exatamente cuida, ela não
precisa
exatamente de cuidado, mas no teu lugar eu voltaria logo.
Todas essas
montanhas, você já as palmilhou uma por uma,
e já é quase outono,

tempo de voltar. As montanhas estarão sempre aqui, não a vida.
Em vez de perambular você poderia ser por exemplo arquiteto:
do teu pai, o
jeito para equilibrar um balanço, de mim, o talento para o
bordado.
Seu avô cinzelava prata, teu tio Michael, farmacêutico —
junte tudo isso e
você vai ser um grande arquiteto.

Descanse, mãe, digo a ela. Senta um pouquinho. Cansada.
Não se preocupe.
Volte a dormir,
aninhada como um feto na placenta do mar. Arquiteto, artista,
doutor,
profissões
do mercado. Mas até os mercados passam. Tudo se esboroa, se
desfaz e volta
ao pó,

tudo isso é pó e volta ao pó. Se o teu filho realizar feitos
incríveis, encher toda
Bat Yam de orgulho e sua casa de fortuna,
fama e tudo o mais, e uma Mercedes também, e for ungido no
melhor dos
óleos, com o passar dos anos o pó tudo cobrirá.
O nome se apagará, o óleo secará e restará apenas o pó da
ferrugem, e também
esta vai se dispersar, afinal,

aos quatro ventos. Uma poeira esquecida, mãe, a poeira do
nada, invisível,
imperceptível, a poeira das casas
esquecidas, que existiram e desmoronaram, dunas de areia
varridas pelo vento,
pó voltando ao pó,
de um punhado de poeira cósmica se formou essa estrela, e para

um buraco
negro ela retorna.

Médico, arquiteto, a casa dos sonhos e tapetes luxuosos na melhor área de Bat
Yam. Tudo pó.
Volte, descanse minha mãe, depois das montanhas eu volto, e você e eu nos esconderemos,
Não nos alcançará nem mesmo a nuvem, que existiu antes de todo ser, e que
só ela, afinal, restará.

CONSOLO

Pouco antes do pôr do sol Albert vai a pé até Bettine para lhe pedir um
conselho sobre determinado processo
relacionado à dupla tributação. Bettine fica contente por vê-lo mas não pode
lhe dar atenção, o neto e a neta
estão em sua casa, ela tem três anos, ele, um ano e pouco, ela desenha um
palácio, ele saiu engatinhando e se escondeu
no fundo de uma caixa de papelão. Bettine oferece uma limonada mas Albert,
animado, já está
de joelhos e dá um recital de vozes de bichos e pios de pássaros, talvez tenha
desafinado no leão,
o bebê no caixote se assusta, lágrimas, e o alívio da mamadeira.
Albert também parece
ter levado um pito e estar precisando de consolo: para isso a menininha lhe
oferece um presente, um castelo,
contanto que pare de tossir, dá medo. Mais tarde, numa viela deserta a caminho
da rua Amirim,
um pássaro num ramo o chama. Sem alma viva
por perto ele responde, e dessa
vez não desafina.

SUBVERSÃO

Bettine gosta de ficar sentada sozinha em seu quarto à noite,
um quarto agradável, de frente para o mar, imerso no verde dos
vasos de
plantas,
o quimono de verão cobre seu corpo e as pernas, ainda bem-
-feitas, descansam no banquinho estofado.

Está mergulhada num romance sobre separação e desencontro.
O sofrimento dos personagens imaginários lhe proporciona
uma sensação de alívio.
Como se o fardo que carregam
aliviasse o das suas costas.

Sim, também ela envelhece, mas sem se sentir
humilhada. Funcionária graduada, sessenta anos,
o cabelo cortado curto, brincos, ela se sente
mais jovem que a sua idade.

O mar tão próximo à sua casa insinua-se pela janela
e também no seu corpo acontece uma agitação interior,
ele seduz, implora, de mansinho, como um bebê
que lhe puxasse a manga de leve.

Mas o que pede este corpo? Mais um jogo?
Mais um passeio? Me dê um descanso. É tarde.
Mas ele insiste, pede, implora,
Não reconhece limites.

Olha o relógio: Agora? Sair? Para Albert?

Que esteve aqui há duas horas? É tarde. Ridículo.
E aquela garota ainda está lá, e afinal de contas
Ela tem algo de vulgar.

O EXÍLIO E O REINO

Algo de vulgar e de tenro, de aguçado e remoto,
Dita Inbar em seu uniforme laranja e crachá na lapela,
três noites por semana trabalha na recepção de um hotel de luxo à beira-mar,
turistas, investidores, paqueradores, pilotos estrangeiros de uniforme
e tripulações de aeromoças exaustas. Formulários. Cartões de crédito.
Às quatro da manhã ela tem alguns momentos livres para um papo informal
com o Narrador, que passa a noite aqui depois de uma conferência, por conta
da organização patrocinadora (não é fácil para ele voltar
dirigindo sozinho tão tarde da noite até Arad). Mas não consegue dormir.
Saturado
de hotéis, desce e perambula pelo saguão, e lá,
linda e exausta, muito composta, ele te encontra no balcão.
Boa noite. Noite? Já é quase de manhã. E que tal as coisas por
aqui, recolhendo aves de arribação? Que aves. Defuntos,
melhor dizendo. Você já viu um rosto refletido numa colher?
É mais ou menos assim que fica toda a espécie humana depois da meia-noite.
Você por acaso não é o escritor? Tenho um amigo que leu os seus livros.
O único livro que eu li foi *Conhecer uma mulher*. Mas o que a mulher é,
isso o herói quase não sabe. Quem sabe você também não?
Os homens se enganam muito, escritores ou não escritores.

Na verdade,
eu também escrevo, não contos, mas roteiros, por enquanto engavetados.
Posso te enviar um? Você leria? Deve estar afogado em manuscritos. E você?
Trabalha num novo livro? Não vai me dizer o assunto?

Se não fossem os anos e meu nome a zelar, e o perigo da zombaria
eu ficaria aqui contando tudo a você, um balcão entre teu peito e o meu,
sobre Nirit, *narimi*, o Butão, sobre a cruz e o caminho. Quase.
Mas não. Você ainda sorri, e num uivo súbito os dois telefones te chamam.
Eu também finjo um sorriso, retribuo um vago aceno, e me afasto
para ficar de frente à ampla janela olhando o mar. Alguém já escreveu
que o exílio é um reino, e escreveram também que ele é sombra passageira.

Um cão velho e imundo, assim é este amanhecer de setembro que, poeirento,
boceja na beira do mar e vai capengando entre latas de lixo.

UM BEBÊ INCHADO E FEIO

Quando se revelou a doença de sua mãe, Rico passou a sair muito de casa. Eram inúteis as súplicas do pai. Naquele inverno, voltava quase todas as noites às duas. Só raramente sentava-se à cabeceira da doente. Amor egoísta de filho único. Quando era pequeno, às vezes imaginava que o pai tinha sumido, tinha sido enviado para o Brasil, ou ia viver com outra mulher, e os dois, ele e a mãe, ficavam sozinhos, precipitados na vertigem de um turbilhão de delícias, bastando-se um ao outro. No mínimo, aspirava a que todo o relacionamento entre seus pais fluísse por intermédio dele, Rico, e não por um canal à sua revelia. Todavia, doente, era como se de repente ela tivesse uma nova filhinha, uma criatura exigente, mimada, na verdade até um pouquinho parecida com ele nisso, mas um bebê degenerado. Imaginava que se se afastasse da mãe, ela teria que escolher entre ele e a doença, e estava certo de que nunca abriria mão dele. Ficou atônito quando por fim ela escolheu aquele bebê inchado e feio, e acabou desistindo dele e do pai.

LOGO MAIS

No início deste outono plantei, como todos os anos, alguns crisântemos perto
do banco do jardim. E como todos os anos
fui cortar o cabelo no Gilbert antes do Hánuka, e de lá fui fazer compras para
substituir algumas
peças já muito gastas na minha prateleira de camisolas de flanela, e voltei para
casa a tempo de acender com Albert a primeira vela do Hánuka,
pois Dita havia ligado para dizer desculpe mas que ela e Rico não viriam. Não
estão no clima. Parece que até o fim deste inverno
não vou mais vê-los. Mas o doutor Salatiel está otimista: o quadro é estável.
Talvez o esquerdo esteja um pouquinho
menos bem. Mas o direito está ótimo. As radiografias são nítidas: não se veem
ramificações, dá para ver até alguma melhora. Assim prossegue a história,
com intervalos que se alongam mais e mais, porque eu logo fico cansada.
Enquanto isso continuo a bordar uma toalha de mesa
que eu gostaria de terminar. Descanso a cada dez minutos, meus dedos como
que empalidecem e meus olhos enxergam coisas que não existem.
Às vezes sinto um terror tão grande como de uma matilha de lobos, e às vezes
apenas me pergunto — como virá, exatamente?

Será como sono? Como queimadura? Às vezes lamento não termos feito no
verão passado uma segunda viagem a Creta,
onde a noite é lenta e o cheiro de sal se mistura ao cheiro dos pinheiros, e
tomávamos vinho com queijo de ovelha, e a sombra das montanhas
se apoderava pouco a pouco da planície inteira, enquanto as próprias
montanhas eram iluminadas de longe por uma luz que assegura
que a paz virá, que a água que corre no regato é gelada, e que estamos em pleno
mês de agosto. Às vezes dói, e logo me deito, tomo um comprimido,
não espero nem os dez minutos que prometi ao doutor Salatiel que esperaria. Ele
decerto não vai se zangar. E às vezes eu sinto
uma coisa que não consigo nem mesmo escrever, *tmno*, não sei se é escuro ou esquro, o hebraico
me abandona aos poucos, e dá lugar para mais
e mais búlgaro, que vem voltando. Também Rico vai voltar, embora já passe
das duas, e Albert o espera na varanda, zangado,
mas entra de novo, e por um momento segura nas mãos os meus dois pés. Me
segura com firmeza, as mãos cálidas, e isso me acalma, apesar
de já estar calma. Será uma morte japonesa? Tipo samurai. Com estilo.
Escondido por uma máscara ritual infantil,
máscara lisa e brilhante. As bochechas sem nenhum traço de pó de arroz,
brancas, não como neve mas como porcelana, e a testa
bem lustrosa. A boca virada para baixo, os olhos são longas fendas, estreitas e
vazias. É na verdade um bebê.
Ou uma bebê. Aterroriza precisamente pelo branco da

porcelana, liso e
inexpressivo. Se é mulher,
é estranho que não tenha notado o peixe frito na frigideira,
sobre o fogão
apagado, frio e duro
desde de manhã. Se é mesmo um bebê, aqui tem uma fralda,
colocada para
secar o suor entre minha cabeça e o travesseiro.
E se por trás da máscara de porcelana há um lutador de sumô
japonês, e eis
que posto a seus pés
está um corpo envolvido em lençol. Albert aumentou para
mim a calefação, e
agora está quente demais, estou empapada de suor e ele saiu
de novo,
espera na varanda para implorar ou zangar com Rico assim que
ele voltar.
Devo tirar um cochilo? Ainda não. É pena perder detalhes
e logo mais o pássaro.

RICO GRITA

Mas não deixe mãe, morda, arranhe
tão dócil e obediente como você, não o deixe,
tão mau e gelado irromper dentro de você,
rasgar tua pele roer teus seios
você não está cega em Creta, não está
entre regatos e colinas, não deixe não deixe
mãe não seja tão boazinha, ele vai te devorar
provar da tua carne, te roer até os ossos
vai te rasgar e sugar mastigar tua medula grite

gelado, tão mau irrompe dentro de você, rasga, atropela
plantando à força no teu ventre um monstro um bebê mimado
grite, mãe não deixe, morda, chute, arranque
finque-lhe as unhas nos olhos, sua resignada, novelo de lã
rasgue, bata, arranhe, não fique deitada submissa, não o deixe
assim se fartar da tua carne, saborear você aos pouquinhos
rasgue, sove, soque, arranque seus olhos, grite

ele irrompe e te desmonta, fígado pâncreas e rins
se infiltra em teu estômago, te consome, rasteja até o ovário
alcança as tripas, chupa e mastiga o teu ventre
crava as garras no pulmão, na laringe, lute com ele
minha mãe roída, sufoque a sua garganta não o deixe
mãe, cordeiro sacrificado grite.

MÃO

Hoje está um pouco menos quente, e por isso o convidei para vir sentar comigo na varanda, de onde se vê o jardim e se sente a proximidade do mar. Este verão já mostra sinais de cansaço, mas ainda é cruel e mutável, um velho e caprichoso tirano. Sobre a mesa coloquei desta vez dois litros de água mineral lembrando-me da última vez, de como é insaciável a sua sede. A pasta que ele trouxe com os documentos fiscais me parece, pelo menos à primeira vista, nada correta, desleixada, talvez até de propósito. Dombrov é uma pequena empresa que produz principalmente filmes de propaganda e spots de informação pública sobre o risco de incêndios no verão, a importância de usar cinto de segurança. Vou repassar tudo para ele. Deixar tudo perfeito vai ser questão de duas ou três horas de trabalho. Enquanto isso a brisa do mar vai e vem. No banco de jardim lá embaixo um gato preto tira uma soneca. Mais uma vez ele falou sobre o acaso e sobre a mão capaz de guiá-lo, como na primeira visita. Dita, a seu ver, não o encontrou por acaso. Não parece muito estranho que ela tenha lhe revelado o roteiro que havia escrito, e que nesse roteiro esteja descrita exatamente a vida dele, até suas fantasias mais íntimas? Uma casinha tranquila no campo, ao lado de um cemitério, cobertura de telhas, um pomar com trinta ou quarenta árvores frutíferas, pombal, colmeia de abelhas, tudo cercado por um muro de pedra, sombreado por altos ciprestes, e uma jovem, Nirit, que por um momento de compaixão ou algum outro sentimento passageiro vem ficar por alguns dias com ele, apesar de as mulheres em geral o acharem repulsivo. Esse é o resumo do roteiro dela, e representa exatamente a fantasia que o acompanha há muitos anos, e que ele nunca contou a ninguém — homem ou mulher. É um fato. E será mesmo possível, senhor Danon, que seja apenas coincidência? Como foi possível que ela tenha escrito o sonho mais íntimo de um desconhecido? E outro mistério — como se explica que ela tenha trazido esse roteiro justamente para mim? Metade dos habitantes de Tel-Aviv são produtores de cinema, ou se acham. O senhor acredita mesmo, senhor Danon, que tudo isso seja mera coincidência?

Para essa pergunta é claro que eu não tinha e nem poderia ter resposta, sim ou não, quem sabe, mas me surpreendeu ver que dessa vez, ao contrário da sua primeira visita, ele nem tocou no copo que lhe servi, na água que borbulhou animada como um repuxo de bolinhas até se cansar. Como se nesse ínterim ele tivesse passado por um tratamento completo de desintoxicação. E enquanto me expunha sua tese sobre as probabilidades conjugadas dos acontecimentos, devorou todas as frutas que estavam na mesa à sua frente, peras, uvas e maçãs, mastigou, mordeu, chupou, mascou, babou, espirrou caldo, manchou a roupa, sem notar, o que será apenas acaso, senhor Danon, e o que resulta de uma mão capaz de guiar? Surpreendeu-me que ele atribuísse justo a mim uma autoridade decisiva. Se vivêssemos, digamos, há cem ou duzentos anos, eu poderia supor que ele tivesse me procurado para pedir aquela mão em casamento, e rodeava e rodeava antes de atacar logo o assunto.

Não é fácil saber, disse para ele, se essa mão capaz de guiar existe mesmo, ainda mais difícil é explicar para quê e por que essa mão, se é que existe, determina ou não determina o que parece ser apenas casual. Eu também às vezes me assombro. Com certeza o que eu disse não respondia à pergunta, mas ele aparentemente ficou satisfeito, e até feliz: ao ouvir as palavras “eu também às vezes me assombro” sua expressão de toupeira voraz de repente se iluminou, como se por um instante passasse por aquele rosto o olhar de uma criança triste, mal amada, cujo pai lhe tivesse dado uma repentina palmadinha nas costas, sem nenhuma explicação, e que ele interpretou como um afago.

Antes que eu entendesse para onde, ou por que, minha mão se estendeu, tocou
de leve seu ombro enquanto o acompanhava até a porta, e eu disse "Não se
preocupe". Mas por que terei dito "Vamos verificar a sua declaração de renda e
talvez ajustá-la um pouco, ligue na semana que vem e não me fale em
dinheiro".

CHANDARTAL

Pinga. Para. Goteja.
O filete brota e logo cessa.
Hesitante fonte das montanhas
no piso do pátio do mosteiro.

Região de Ladakh, "País
dos Filhos da Lua". Chega-se
pelo Rio da Lua, Chandar,
e pelo lago Chandartal.

Tiksa é o nome da aldeia,
Tiksa Gumpa é o do mosteiro,
E o nome da mulher, Maria. Entre todos
é de você que ela se lembra.

O que lhe beijou os pés.
Sim, é você mesmo.
Você. Venha até aqui.
Sabia que aqui em Ladakh

existe o seguinte costume:
o de dar a uma só noiva
dois ou três irmãos em casamento.
De você ela se lembra entre todos.

Flui, para, hesita, cessa
e volta a jorrar de novo
no pátio do santuário.

A pedra aqui não é polida
mas cimentada em branco e vermelho.
O nome do mosteiro é Tiksa Gumpa,
e o da mulher, Maria. Venha

a mim. Não tema. É com você
que estou falando. Esta noite
você vai abrir meus lábios.
Esta noite com você.
Tiksa Gumpa é o santuário
e Chandartal se chama o lago.

NÃO EXISTIU E SE FOI

Maria também está perdida, vagueia entre mosteiros,
dorme, levanta, se arruma, às vezes com algum homem,
vão e vêm. Sua beleza fenece. No rosto,
rugas do sol, do vento e da geada. A terra prometida
desapareceu, ou foi somente uma miragem. O que ela deu
já tomaram, e o que restou se perderá.

A terra prometida é uma mentira. Não existe nenhum
Homem das Neves nos vales mágicos.
Só o mar ainda a espera, e o que não houve
se foi. Esta noite, com o jovem.
Amanhã, sozinha. Chandartal.

SAI FORA

Ele ouve vozes. Tatáricos. Que tatáricos. Quais tatáricos.
Tatáricos na sua cabeça. Volte amanhã, de preferência com
outra cabeça.
Volte sem vozes. Sem tatáricos. Sem tortura. Ele morreu,
o marceneiro Elimelech. No peitoril da janela arde uma vela,
pelo final do
Shabat, ou em sua memória.
Quem está gritando tatáricos para diferenciar entre e o profano
e a tragédia.
Morreu o marceneiro Elimelech, enforcado no barracão do
quintal, como se
fosse uma piada.
Foi Rajeb quem o encontrou. Nove anos, e amanhã sua filha
se casa.
Eu também fui convidado para a cerimônia, de preferência
devo ir com outra
cabeça. Ela se casa
com um corretor de terrenos, nas redondezas de Nablus, e vão
se mudar daqui para ir morar em
Alon Moré. De onde vêm os presságios. Tatáricos. Uma vela
na janela.
O marceneiro Elimelech ensinou Rajeb a cantar com ele,
segunda voz,
baixo profundo e tenor, e ambos desafinados. Quatro colonos
armados
erguerão as hastes do dossel nupcial, e você estará lá com
Albert,
que virá de Bat Yam para o casamento. Branca-branca sorri a
filha do marceneiro.

O véu nupcial é macio. Buquê de rosas e noivo corpulento. E a vela? Final do
Shabat? Em memória? E o rabino
saltita, dança e rodopia tatáricos. Sai fora dessa. Que tatáricos.
Quem revela presságios de quem, e quem me chama para onde.
O marceneiro
se enforcou
e Rajeb voltou para Hebron, e desde esse dia sumiu. Há quem diga que fugiu
para o Sudão
e outros contam que foi pego ou morreu montando uma bomba-relógio, e
também há os tatáricos. Densa escuridão e uma vela na janela do salão de festas.
Estacionamento. Silêncio. Cachorros distantes latem para uma lua
que não responde. Cai fora dessa. Corte as raízes, se manda.

SÓ OS SOLITÁRIOS

Esta noite ela não veio. Nos vizinhos uma criança chora, um
choro cansado,
monótono, sabendo que de nada
vai adiantar. No conjugado que aluguei para ela na rua Maze
ainda não há
telefone. E mesmo que houvesse
eu não ligaria. Esta noite ela não virá. Sozinho eu como o pão
preto
com queijo e azeitonas. É uma longa noite. Todo mundo está
sozinho nesta
noite, eu também.
Gostaria de saber se o dinheiro que enviei chegou a ele. Ele
teme as
tempestades, as avalanches nas encostas.
Ou acordado, lê no frio, à luz da vela, num mosteiro
abandonado. A noite está
serena. A criança que antes chorava
agora já se acalmou. Da janela da cozinha o mar já fala em
outono. Mais um
copo de chá
e vou sentar e estudar um balanço que não fecha. Muitos me
expõem suas
contas.
Os solitários as fazem precisas.

RICO SENTE

A noite é mesmo fria, e a neve lembra seu pai.
A neve fina se insinua como uma criatura felpuda,
avançando sorrateira por todo o vale.

Silenciosa e monótona é a neve. Tateia pelo telhado. Paredes.
Neve envolta em sono, no escuro, na ponta dos pés
silente e inquieta, sobre ele estende a coberta.

E NESSA NOITE TAMBÉM DITA

Na banheira cheia de espuma
compadece-se da solidão de ambos:
esse me queria um pouco mãe
e parece que este me quer filha.
Mulher para os dois
só posso ser na banheira.

DESPERTA O DESEJO

Noite. A chuva cai nas colinas ermas do deserto. Pedra, calcário
e cheiro
de poeira ficando molhada depois de um verão inclemente.
Desperta o desejo de ser o que eu teria sido
se não soubesse o que se sabe. Ser antes de conhecer.
Como as colinas. Como uma pedra na superfície da Lua.
Lá está ela, silenciosa e segura
durante toda a vida da prateleira.

PARECE

Noite. A brisa sulca o jardim. Um gato,
parece um gato, pisa de leve entre arbustos, sombra
dentro de sombra passageira. Ele fareja ou adivinha
algo que de mim se oculta. O que a mim não cabe sentir
acontece lá fora, sem mim. Os ciprestes
balançam de leve, negros, em movimentos tristonhos,
parece, ao lado da cerca. Alguma coisa ali toca
em alguma outra coisa. Algo morre. A rigor
tudo isso acontece aqui, bem diante dos olhos
que observam o jardim, pela janela. Parece.
Na verdade tudo isso sempre aconteceu e acontecerá.
Só que pelas minhas costas.

TEIA

Acordo cansado às vinte para as cinco. Luz. Vaso sanitário.
Pia. E me deixo
ficar à janela
segurando o café. Nos arbustos o nevoeiro ainda é frio.
Enquanto isso a luz do
jardim continua
sinalizando para si própria. A relva ainda está úmida. Vazia.
Cadeiras viradas
de pernas para cima
sobre a mesa do jardim. Há uma luz leitosa que precede a
aurora, para que não
nos esqueçamos
de que vivemos na Via Láctea, uma galáxia remota que vai
bruxulear até
desaparecer.

E até que desapareça, as coisas das cinco da manhã acontecem.
Um passarinho
surpreso
sai aos gritos espantados, como se esta fosse a primeira de
todas as manhãs.
Ou a última. Entre dois ramos de um ficus uma aranha
madrugadora já
trabalha.
Da saliva de seu corpo tece uma teia compacta onde recolhe
vinte ou trinta
contas de orvalho, que também elas nesta manhã não cruzam
os braços, mas
caçam fragmentos

de luz e os multiplicam, sete vezes cada um. Cada fragmento cativo, por sua vez, se estilhaça em muitos cintilares. Até que venha o jornal, eu também vou sentar e escrever.

RICO PENSA NO MISTERIOSO HOMEM DAS NEVES

O que nasceu de mulher carrega os seus pais nas costas. Não nas costas.
Dentro.
Por toda a vida deve carregá-los, eles e toda uma multidão, os pais dos pais
e os pais desses pais, boneca russa grávida até a última geração.
Por onde quer que ele ande está grávido de antepassados, deita-se grávido dos
pais e grávido dos pais se levanta,
grávido dos pais, vai-se para longe, ou fica-se no mesmo lugar.
Noite após noite ele reparte o berço com o pai e o sofá com a mãe, até chegar
o seu dia.

Mas esse Homem das Neves não nasceu de mulher. Leve e nu
ele vagueia, sozinho nas montanhas ermas. Não foi gerado, não vai gerar,
não ama e nem busca amor. Nenhuma alma viva por ele morreu,
e nenhuma alma viva ele jamais amou. Sem idade ele vagueia,
na neve sem casa, sem pai e sem mãe, sem nada,
sem tempo, sem morte. Sozinho.

UM DE CADA VEZ

Ele tira as meias da mulher, Maria, uma de cada vez. Seus olhos roçam a carne.
Esses são os olhos da carne. Os olhos do espírito estão cerrados.
Se não estivessem cerrados, veriam em Maria não o visgo da sensualidade
madura
mas sua imagem na velhice, como o figo seco e murcho. Se abrisse os olhos do espírito, mataria o desejo da carne. A lascívia se tornaria pó.

Também pode ser dito assim: subindo por uma trilha que serpenteia
pelas montanhas, entre dois desfiladeiros. Seu olhar está alerta e aguçado,
  mas os olhos do espírito
cerrados. Se os abrir, ainda que por um instante, a vertigem o fará cair.

Tudo isso é antigo e sabido: os olhos da carne desejam, os olhos do espírito se
apagam,
quem está aqui é você sem você, e quem não está aqui não está, e portanto
amar a mulher para quê? Para que transpor precipícios?

PEDE À ALMA

Teu filho pede à alma que durma. Pede e logo
dorme. Fora da cabana o vento uiva.
Uma raposa se esgueira no bosque
e há uma ave noturna escondida entre as folhas.
Ela vê o que se aproxima mas prefere deixar passar

em silêncio. Em mil setecentos e seis
agonizou nesta cabana um caixeiro-viajante
russo a caminho da China. Morreu
sozinho no sono, foi enterrado no bosque
e mergulhou nas profundezas do olvido.

O CAIXEIRO-VIAJANTE RUSSO QUE ESTAVA A CAMINHO DA CHINA

levava de Nijni para Nanquim peles e pedras preciosas, e trazia de
Nanquim joias e sedas. Gostava de lautos jantares e bebidas nas estalagens de
beira de estrada,
das histórias de viajantes estrangeiros à noite diante do fogo na lareira,
e dos favores das criadinhas sobre um colchão de palha à luz da lamparina de
louça.
A delícia da astúcia das vendas e da barganha das compras, negócio sutil,
paciente, como o cortejar, o galantear, como são os jogos amorosos, nos quais
vence aquele que resiste por mais tempo, os apressados não levam vantagem:
aquele que mais deseja deve fingir indiferença, e o ansioso deve vestir a
fantasia de hesitante. Na primavera
dirigia seus passos ao oriente e retornava à casa no outono,
cruzava rios e florestas, estepes e desfiladeiros, e a cada ano
aumentava o tesouro das moedas ocultas no vaso enterrado em
seu quintal.

Certa noite, nesta cabana, ele comeu à vontade até meia-noite, antecipou o
pagamento de uma jovem para que o aguardasse na cama e a aquecesse;
depois que ela o deixou, deitou-se confortavelmente para

contar e calcular o
quanto ganhara no ano, quais os seus lucros no próximo, e por quanto
multiplicar tudo isso para conhecer o que auferira em uma década.
Até que suas pálpebras se fecharam e adormeceu, e em vão a criada lhe sacudiu os ombros à luz do dia,
e gritou e berrou e encheu toda a aldeia de
terror.
Tudo isso aconteceu há muito, e há muito foi esquecido. Logo você também.

NÃO É QUESTÃO DE CIÚME

Boa noite, aqui fala Bettine, amiga de Albert Danon. Já nos encontramos por duas vezes quando você ainda morava na casa dele mas quase não conversamos: não houve clima, ou talvez estivéssemos constrangidas. Estou telefonando depois de muita hesitação. Espero não perturbar. E você tem todo o direito de dizer, olha aqui, não é da sua conta. Ou mesmo de desligar. Eu entendo. O assunto é mais ou menos o seguinte: você foi morar na casa dele como namorada do filho, ou ex-namorada, não estou perguntando e nem precisa responder. Seja como for, ele te recebeu, tirou-a de uma enrascada e até acabou encontrando, ou ajudando a encontrar um lugar para você morar. Detalhes, não sei nem quero saber. Ele é um homem generoso e eficiente, lá do seu jeito caladão. Mas você, intencionalmente ou não, está causando a ele algo de muito ruim. Digo está causando porque até mesmo agora que você já se mudou para onde se mudou, ele ainda não tem sossego por sua causa, ou talvez não por sua causa, mas, digamos assim, pelas suas pegadas.

Espere. Não me interrompa. Essa conversa não está mesmo sendo muito fácil para mim. Estou tomando todo o cuidado para que não me entenda mal. Não estou querendo te julgar, e, com certeza, não estou querendo te censurar, mas apenas aconselhar, de fato nem sequer aconselhar, mas simplesmente pedir para que pense um pouco nisso. Você é uma moça bonita e pertence a uma geração na qual certas coisas se tornaram muito simples, talvez simples demais. Não estou julgando nada, é apenas uma impressão que talvez nem tenha fundamento. Sou mais velha que você, talvez até mais velha do que sua mãe, de modo que não é questão de ciúme ou de competição. Pois você também — mas não, não quero entrar nesse assunto, e por favor desconsidere o que eu acabei de dizer, pois até mesmo a negação do ciúme pode despertar a suspeita do ciúme. Vou tentar colocar as coisas assim: ele está de luto pela esposa, e ainda por cima, como você bem sabe, a viagem do filho o faz sofrer muito. Embora ele não seja uma pessoa fraca, de jeito nenhum, você há de concordar comigo que não é necessário aumentar ainda mais o seu fardo. Quando você estava hospedada em sua casa, ele estava a ponto de procurar um lugar para onde fugir, e agora que saiu ele mal consegue refrear a vontade de sair à tua procura, pois prometeu visitá-lo e não cumpriu. Não, não peça desculpas, ocupada, claro que compreendo, uma jovem na sua idade etc. Desculpe. Me dê só mais um ou dois minutos, já estou terminando. O que eu queria dizer, dizer não, pedir, é que não o deixe assim suspenso no ar. Ele não dorme à noite e parece prestes a ficar doente. Você gerou um mal-entendido, que só você mesma poderá desfazer. Além disso, talvez você não tenha pensado no que vai acontecer quando Rico voltar. Que tipo de relação você vai ter com ambos, e que tipo de relação eles vão ter um com o outro? Me perdoe por essas perguntas, sou funcionária pública já há trinta e oito anos, e talvez eu tenha me impregnado um pouco de um tom meio burocrático. Não estou lhe pedindo que rompa relações, nem que desapareça, mas sim — como posso dizer — que delimite a fronteira. Talvez eu não tenha conseguido me explicar muito bem. Sinto necessidade de dizer, olha, Dita, você desperta nele algo que causa muita tristeza, depressão, você talvez nem tenha notado, mas se quiser endireitar as coisas você vai ter que traçar uma linha. Não. De novo não consegui dizer o que queria, e o que disse pode ter parecido mesquinho. É difícil encontrar as palavras. Uma vez, isso foi há muitos anos, eu e meu marido Avram convidamos Albert e Nádia para um passeio de fim de semana na Galileia. Sob a luz dos últimos raios do dia nós quatro vimos um animal peludo descer correndo pela encosta e desaparecer por entre as árvores. Tentamos segui-lo mas já tinha sumido. O sol se pôs, e por longo tempo pareceu que o mundo inteiro era

iluminado
apenas por uma luz difusa e mortiça que bruxuleava, para sempre. Albert disse
que com certeza era um cachorro perdido, e Nádia disse que era um lobo. Foi
uma discussão sem sentido, pois veja o que aconteceu depois: Avram já faleceu
há muito tempo, e agora Nádia morreu também, e o lobo, ou cachorro,
também morreu. Daquela tarde, restamos apenas Albert e eu. Pelos meus
cálculos você talvez ainda nem tivesse nascido naquela tarde, que não me sai da
memória por todos esses anos, agora já sem nenhuma dor, mas com uma
clareza que vai ficando mais e mais nítida com o passar do tempo. Lobo ou
cachorro perdido? O bosque já escurecia e lá estávamos nós, Albert e eu
confrontando Avram e Nádia numa discussão que não teve fim, e nunca terá.
A criatura se dissolveu na escuridão, e à nossa volta o mundo inteiro estava
vazio, silencioso, emanando apenas uma luz mortiça. Entenda, eu contei essa
história não para te constranger, mas apenas para pedir, ou melhor, pedir
não, esclarecer o que estou perguntando a mim mesma e portanto
perguntando a você também. Não precisa responder.
Naturalmente tudo isso vai ficar só entre mim e você. Ou melhor, só entre você e você mesma.

SÓ POR MINHA CAUSA ELA LEMBROU DISSO TUDO

Diz que não tem ciúme. Até parece. Nem está zangada.
Até parece. Tão certinha, tão honesta, mas na verdade
no fim das contas ela só o quer para si mesma. E que neste
mesmo instante
eu caia fora dos assuntos dele, trace uma linha, diz ela, senão
ela crava as unhas direto nos meus olhos. Por minha causa
ele não dorme à noite. E daí que não dorme. Estar acordado é
estar vivo.
Se eu não estivesse na área, ele por certo estaria agora
cochilando há horas na poltrona, ou sentado na varanda
olhando pasmado
um mês, um inverno, um ano, o mar aos poucos lhe subiria
à cabeça. Também à cabeça dela. Em vez de torrar meu saco
ela deveria me dizer um belo muito obrigada:
pois só por minha causa voltou à sua memória o cão perdido
da Galileia,
ou o lobo da luz mortiça, ou seja lá o que for.
Só por minha causa aquilo que quase se fez trevas novamente
acena para ela e para ele também. Dele eu gosto muito.
Mas dela nem um tiquinho.

TODAS AS MANHÃS ELE VAI AO ENCONTRO

Quanto ao Narrador, nesses dias de final de setembro ele se levanta todas as
manhãs
antes das cinco e escreve durante uma ou duas horas, até chegar o jornal.
Daí
sai para o deserto, para ver se há algo de novo. Até hoje nada de novo surgiu.
As montanhas ao oriente sempre estão lá, imutáveis. Cada encosta no seu devido lugar.
Como ontem. Como anteontem. Aquele lagarto, um dinossauro de bolso,
também não melhorou sua posição. O Narrador se interessa em gravar tudo
isso,
tentar descobrir e registrar aqui o que era e o que é. As coisas devem ser chamadas pelos seus próprios nomes, ou por algum outro nome que
sobre elas lance nova luz
ou projete, aqui e ali, alguma sombra. Cinquenta anos se passaram:
em Jerusalém, na rua Zacarias, um apartamento de dois quartos era a escola
particular da senhora Yonina. Minha professora era a senhora Zelda, a mesma
Zelda
que anos depois escreveu os poemas que se encontram em *A transformação espetacular* e
O Carmel invisível. Certa vez, num dia de inverno, ela me fez

este comentário,
aos sussurros: se você às vezes parar de falar, talvez as coisas consigam às vezes falar com você. Passados muitos anos deparei com essa
mesma ideia
em um dos seus poemas: "Que as árvores e as pedras respondam amém". Uma
transformação espetacular
ela prometia, entre pedras e árvores, para quem se disponha a ouvir.

O QUE EU QUERIA E O QUE FIQUEI SABENDO

Ainda me lembro do quarto dela:
rua Tzefania. Entrada pelo pátio.
Um menino frenético, sete anos e pouco.
Menino-das-palavras. Galante.

"Meu quarto não pergunta", escreve ela,
"às auroras e aos crepúsculos. A ele basta
que o sol traga sua travessa de ouro
e a lua, sua travessa de prata." Eu me lembro.

Uvas e maçã ela me dava
nas férias de verão. Ano 46.
Eu me deitava na esteira
Menino-das-mentiras. Apaixonado.

De papel eu lhe recortava
flores e botões. Tinha uma saia
castanha, parecida com ela mesma,
sino e cheiro de jasmim.

Mulher de fala macia. Toquei
a barra do seu vestido. Por acaso.
O que eu queria eu nunca soube
e o que fiquei sabendo machuca.

DE PROFUNDIS

O que fiquei sabendo machuca. Nádia Danon, por exemplo: como minha
professora Zelda,
ela também morreu de câncer. Apesar do pássaro de antes da aurora, apesar
dos seus bordados
até dois dias antes da morte, apesar do doutor Salatiel, que, compadecido, a
drogava
e a iludia com falsas esperanças. Embrenhou-se dentro dela. Não mais a
deixou.

O lusco-fusco de sua agonia lhe mostrava um samurai com máscara de
porcelana,
que foi seu primeiro marido: grave, elegante, alto, sabedor do que é certo,
apaga
a luz, se curva sobre ela, espreme-lhe os seios, escava, crava, rasga, rompe,
penetra-lhe a carne, machuca, faz doer
até os ossos, mas afinal sempre a libera. Logo se farta dela,
e ela se salva. Não por muito tempo.

URI REAGE

Mas o que diria, se é que Uri ben Gal diria alguma coisa sobre
isso? A mesma
história já dá nos nervos,
pois a noite ainda é uma criança, e algumas cenas suculentas
ainda estão por vir,
mulheres baixando as calcinhas, imóveis subindo de preço

e nesta noite ele ainda vai bagunçar o coreto de bastante gente.
Tel-Aviv é uma extensa campina que ele percorre, um passo de
cada vez, e descansar,
uma jogada por vez.
Rindo muito, mas no fim ri melhor o malandro que ri por
último. Em menos
de um ano vice-presidente da firma,
e daí vai ser um arraso, *the sky is the limit, and the limit is just
the first step.*
As cenas ruins, doença, sofrimento
e morte pertencem só à turma dos babacas que não se deram
bem e estão
largados no lado sul da cidade. Que os solitários
fiquem sós, e os necessitados — que necessitem. A vida pode
não ser um
piquenique, mas, por outro lado,
mesmo um belo xale de orações azul-celeste não passa disso
mesmo: um xale
de orações azul-celeste. Todo mundo mija e todo mundo trepa,
então não fiquem aí se fazendo de bestas, esse Narrador
ranzinza e todos os outros moralistas velhos.

DIES IRÆ

Pouco antes ou depois do pôr do sol saiu este Narrador para saber o que há,
e se há alguma novidade no deserto. O vento está sempre soprando de lá para
lá passando por aqui,
mas nunca partindo daqui. Um rodamoinho de poeira se ergue, se dissolve e
volta a se formar
em alguma outra colina. E desaparece de novo. Uma jogada por vez,
um passo de cada vez e descansar,
ri melhor quem ri por último, tal o evangelho segundo Uri ben Gal. Sofrimento,
doença e morte vão e vêm. Mas este deserto não é assim. As estrelas do céu
também não.
Elas são fixas, e mesmo assim só na aparência. Mais vale um cachorro vivo
e a sabedoria dos pobres também é pobre, mato seco do deserto estéril, que o
vento
levanta e abandona à própria sorte. Sempre abandona. Vem de lá e voa
para lá,
roda e rodopia e volta ao silêncio. Os mortos não a verão
e a luz ainda é doce aos olhos.

MINHA MÃO NO TRINCO DA JANELA

Meus queridos pais Fânia e Arié, recebam estas lembranças do seu filho. É
noite e estou em meu quarto, em Arad,
fechado, com um copo de chá e folhas de papel. O réquiem é de Fauré. O
ventilador gira,
venta, se afasta e volta. O deserto aqui é próximo e vazio. Há uma escuridão
quente na janela. Vocês
gozam de merecido descanso. Dormem? Ou ainda brigam? Ao menos por
minha causa não briguem mais: sou organizado
e persistente. Sou bem-sucedido e motivo de orgulho para vocês. Mais
orgulho, mais orgulho, como o aprendiz de feiticeiro.
Canso mas não desisto. Vocês dois queriam que eu crescesse e fosse isso e
fosse aquilo. Papai isso, mamãe aquilo.
Agora a diferença vai encolhendo, e já não importa o que eu vou ser. Vou ser
mais um pouco, e deitarei.
É tarde. A rua está vazia e o jardim sussurra para si mesmo em russo, para que
eu não entenda. Ledo engano:
a essa hora os segredos são menos secretos, quase tudo já foi revelado. Por
anos e anos
você, pai, juntou notas de rodapé enquanto você, mãe, ficava na janela,

segurando seu costumeiro copo de chá com limão,
geralmente de costas para a sala. Angustiada e ansiando, como
o marceneiro
Elimelech, para voltar
a algum pomar dos seus sonhos. Que nunca existiu. Cochicham
um para o
outro em russo, língua suave e insidiosa.
Você, pai, se levanta e fica em pé, meio curvado. Você, mãe,
você está
sentada, ereta e bela. Pai, você parece insistir,
recusa-se a abrir a janela. Mas você, mãe, não cede. Nesta
escuridão
profunda
você chora em vão, num sussurro, e você, pai,
você procura sussurrar argumentos. Minha mão no trinco da
janela, e agora
devo decidir. Se for para perdoar o momento é este.

E VOCÊ?

Lancinante, desesperada, em iídiche, ouve-se ao longe a voz
de uma mulher
 que sob seus próprios olhos
é dilacerada, e ela grita.
E ouve-se um uivo em árabe, novamente de mulher
cuja casa. Ou cujo filho. Sua voz perfura, aterroriza, e você
aponta um lápis ou conserta uma encadernação rasgada.
Estremeça pelo menos.

O CERVO

Assim como o cervo procura os regatos, assim também minha alma. E dois
ciprestes escuros balançam de lá para lá
em devoção silenciosa. Assim como a água para o mar, assim
águas perversas passaram sobre ela: passaram, foram-se
e não existem mais. Volta, minha alma, ao meu repouso. Onde está o meu
repouso? Sorria, minha alma: para onde voltarás,
por qual regato, como o cervo, ansiarás? O apito da chaleira. Café. E se a luz
em você se apagar,
que imensa será a escuridão. Uma mosca presa entre o vidro e a tela da janela.
A casa está vazia. Tapete.
Um gato enrodilhado. Quando virei, quando irei aparecer? A luz é escura.
 Um cervo bebeu e se foi.

NO FINAL DO CAIS

E no primeiro dia de chuva, com uma boina cinza, capa e guarda-chuva, um
pacote pardo firmemente amarrado com barbantes cruzados, Albert Danon
pegou dois ônibus para ir da rua Amirim até a rua Maze, ver como estava indo a
namorada de seu filho. Sob a manga, sob a pulseira no relógio enfiou
cuidadosamente os dois bilhetes perfurados. Como um professor de gramática
aposentado. Espera a luz vermelha passar para verde embora a rua esteja
vazia. Atravessa o bulevar Rothschild, apanha um jornal encharcado de cima
de um banco e o joga na lixeira. Tel-Aviv sob a primeira chuva parece um
amontoado de destroços de um naufrágio vomitado na areia pelas ondas. As
ruas estão desertas: quem tinha para onde ir, há tempo já foi. Na rua Maze
muitas folhas caídas. E também reboco caído, papéis misturados com as folhas
marrons e um pouco de lixo molhado. Tudo molhado, mas nada lavado. Sobre
os telhados, antenas, painéis solares e nuvens. Os pássaros estão presentes,
mas com a voz abafada. E no hall escuro do prédio, uma fileira de caixas de

correio, Cherniak, Shikorsky, Ben Bast e uma clínica neurológica particular.
Na porta da esquerda no andar térreo, o aviso: “A pedicure está fora do país”.
Na porta em frente lê-se Inbar: sem Dita. Só Inbar. Como um estranho. A
escada parece abandonada como se fosse o mar no inverno. Albert Danon,
homem magro, quase velho, se deixa ficar, pasmo, na beira do cais, como se
esperasse que a água negra lhe arremessasse uma boia. Toca a campainha.
Que não funciona. Um intervalo educado. Toca de novo. Hesita. Bate de leve
na porta. Espera de novo. Será que ela está se vestindo? Dormindo? Ou não
está sozinha? Coloca seu pacote no chão e encosta o guarda-chuva. Espera.
Enquanto isso esfrega as solas dos sapatos em frente à porta para não levar
umidade ou restos de folhas. Espera. Dentro do pacote há uma camisola de flanela de
Nádia e um velho aquecedor elétrico. Albert sopra nas mãos em concha, expira, temendo de repente que possa estar com mau hálito. Bate na
porta de novo e espera.

VAI E VOLTA

Sente-se aqui, Albert. Tire o casaco.
Vamos fechar a cortina. Acender a luz.
Estava dormindo. Sim. Não, não faz mal,

não se desculpe. Já é hora de acordar.
Vamos tomar um café. Vou ferver água,
jogar uma colcha na cama

e fazer para nós umas torradas com queijo.
Obrigada pelo aquecedor. E pela camisola
da tua mulher: azul, aconchegante.

Talvez daqui a uns anos me sirva.
Espere um pouco, vou tomar um banho.
Ou melhor, venha comigo. Tire os sapatos. Descalço.

Tire isso também. Eu tiro
e você vem comigo. Não se assuste.
Na província de Ladakh há um costume

ou uma antiga lei dos casamentos:
lá, à mesma noiva são oferecidos
três ou quatro irmãos.

Três irmãos. E uma só noiva.
Encoste aqui e pare de tremer.
Encoste, não sou eu, é só o pano.

Toque, toque aqui também: camisola.

Pense que tudo acontece num sonho
Num vale, numa aldeia em Chandartal.

Meus dedos são como ruas
a palma da mão é uma praça. Você atravessa
e para. O braço é uma rua comprida,

o ombro é a curva do rio um pouco antes da ponte,
que é o pescoço. E depois pode escolher
ir por aqui, ou por aqui. Pausa. Pausa

dentro do sono dentro da nuvem, da paixão
e do espanto. Ouve só a chuva na janela.

DEPOIS ELE VAGUEIA UM POUCO E VOLTA AO BULEVAR ROTHSCHILD

E quando saiu a chuva parou. O bulevar é uma menina
surrada e despida por uma gangue, largada ali deitada de costas
toda rasgada e ensopada. Agora ela ouve as copas das árvores,
prometendo uma espécie de segundo silêncio, que tem seu lugar
ao final da vergonha e da degradação, um pequeno silêncio,
como nascer: não mais erguerei meus olhos para as montanhas
mas estarei aqui agora deitada quieta na poça
de águas barrentas e estagnadas. Aí está o vento, aí o sussurro
das asas dos pássaros, alinhavando o ar úmido, descosturando,
recosturando, descosturando de novo. Tudo agora é cinzento
é macio. No seu lugar. Na sua cama. Sinto o perfume da
boa chuva e o perfume da terra. Tudo passou.

ESQUILO

Olhos olhos. Olhos na água olhos nos ramos olhos na cortina
olhos na jarra
olhos no travesseiro. Nádia lembra-se de Nádia menina num
vestido de
organdi ou numa saia plissada, fitas entretecidas às tranças
presas, véspera
do Shabat candelabros de prata pão quente vinho doce de
passas, a bênção do
vinho e as canções à mesa sente direito e pare de envesgar os
olhos. Ela se
lembra dos guardanapos de um branco puríssimo ornados com
rendas, terrinas
de porcelana da cor do mar, a tapeçaria de parede tecida à
mão, cestinhas,
molheiras, os perfumes de cinamomo, lavanda e gengibre,
e das frutas carameladas. Olhos olhos e Nádia se lembra dos
esquilos entre os
ramos do jardim deserto, a névoa de um branco leitoso nas
colinas, a neve
sobre os campos, que abafa o som pungente do sino ao
entardecer, bosques
escuros que sussurram rumores quando o vento sopra, o uivo
de um lobo
numa noite de inverno para além da cerca do jardim, o pombal
e também o
galo e o bode que a assustavam ao escurecer, quando a
mandavam buscar lenha
no galpão. Olhos na água olhos na noite olhos olhos nas
costas, nos seios,

Nádia se lembra de velhos segredos com dez anos e meio de
idade, numa
manhã, seu pai de peito nu, suarento troca uma fiada de telhas
na cobertura, e
ela, na escada vai passando as telhas para ele, uma por uma,
aspirando o
cheiro do seu suor, a visão dos mamilos escondidos nos pelos
do peito traz uma
comichão secreta a seus próprios mamilos que ainda não
desabrocharam, e se
lembra do repentino esvoaçar no fundo da barriga, e como
brilhavam ao sol as
costas nuas e curvadas do pai, que colocava telha após telha, e
seus músculos,
olhos olhos pareciam se enterrar entre o relevo de seus ombros.
E certa vez ela
vira seu irmão Michael escondido agachado no fundo do
galpão, ordenhando a
ereção do cachorro, uma espécie de úbere vermelho como
sangue
sobressaindo horrivelmente por debaixo dos pelos, e os dois,
Michael e o
cachorro, ofegando como se estivessem sedentos e então
aconteceu na sua
barriga o trovoar suave de tempestade, e ela virou-se e fugiu do
galpão e
naquela mesma noite a primeira mancha de sangue apareceu
em sua camisola
e com ela vieram as lágrimas de medo e dor, como se um
verme nela tivesse
penetrado. Aos cochichos sua mãe lhe ensinou como sim e
como não, e
quando, e como as mulheres escondem dos olhos deles a sua
impureza, como
se pode abafar o cheiro, e a mãe disse também que esse era o
castigo de Eva

nossa mãe: toda mulher é castigada e deve verter sangue de
sapo, pagar pela
serpente e pela maçã, em dor parirás filhos e caminho de volta
não há, apenas
na gravidez e quando ficamos velhas é que conseguimos
alguma remissão.
Olhos nas costas, olhos no telhado, olhos na desgraça, olhos
nas festas, Nádia
se lembra de seus lencinhos, dos sutiãs enfeitados com lacinhos
de cetim,
cintas de seda translúcida, blusas bordadas, corpetes, lenços de
cabeça, as
intrigas e os segredos das mulheres virtuosas, a cloaca escondida
sob camadas
e camadas de veludo, risos abafados, a troça das vizinhas,
zombaria de
gerações, dão piscadelas, acariciam, caçoam, arremedam e aos
poucos a
aprisionam numa teia sedosa, a teia das mulheres-aranhas,
apanhando-a e
enredando-a numa trama de finos fios transparentes,
iniciando-a por etapas
nos mistérios da seita, no labirinto de mentiras, costurando e
descosturando,
filigranas de malícia da irmandade em subversão diante dos
homens, intrigas,
antigos estratagemas, perfumes sutis, ornamentos, olhos,
olhos, mau-olhado,
Nádia se lembra de uma menina bebê aprisionada nas criptas
da sacerdotisa em um
ritual feminino, regras da modéstia, regras da impureza
menstrual, regras da
prudência, qualidades da astúcia, da manha, da inocência fingida,
cremes, pós,
ruge e sombra nos olhos, a índole dos homens, você tem de
aprender a

despertar e também a iludir, o chamariz da beleza, a armadilha da graça, cuidado, sem elas você pode envelhecer indesejada e encalhada, acumulando poeira no canto da prateleira, que deus nos livre. Se der um dedo vão querer a mão inteira, se der dois dedos eles a jogam fora como garrafa vazia, a mulher é um vaso cheio até a borda de mel e de pudor, o jardim da clausura, a fonte bem vigiada, a delícia proibida até que surja quem a redima, a redenção, que o desconhecido não se aproxime mas tampouco se distancie demais, mantenha-o atordoado de fome e de sede, mas atire às vezes uma migalha, sempre com toda a cautela, como por inocência, para que não fique falada, não caia em desgraça. Olhos olhos mau-olhado, amuletos, risadinhas, cochichos, intrigas, a rede de enredos enredados das mulheres, normas femininas, como despertar o amor enquanto mantém o pudor, a vertigem do incenso, o halo do encantamento, ela queria fugir e queria morrer, correr para o mundo dos esquilos para se tornar para todo o sempre nem mulher e nem homem, mas uma pequenina e tímida criatura que é quase só olhos, quase sem corpo.

NÃO FAZ MAL

E ali, no caminho para Patna, no trem noturno que desce as montanhas,
serpenteia pelas curvas, rasteja vagaroso até o vale do rio, velho e batido trem,
vagões velhos, bancos de tábuas gastas, a locomotiva alimentada
por troncos de árvores, fagulhas voam pela janela, engolidas pela profunda
escuridão, luzes fracas à distância, aldeias mendigas, casinholas, ele pensa
em escrever um cartão-postal para o pai e outro para Dita Inbar, para lhes
dizer que não faz mal.
Amanhã mesmo na estação de Patna ele comprará dois selos para enviá-los.
Tudo bem,
é tudo o que quer dizer. Não faz mal que você tenha levado meu pai, homem
tão magro,
um homem tão criança, para o chuveiro ver teu corpo. Que veja. Não faz
mal.
É até bom. Você pegou a mão dele e a colocou ali e acolá para ele sentir.
Tudo bem que te viu, não faz mal que te tocou. Pois logo se assustou e
fugiu para vagar
a esmo no bulevar, entre frangalhos de jornais molhados de chuva.

Tudo bem. Não tem importância. Quando eu era bebê a mulher dele
me deu de mamar e trocou minha fralda e me fez adormecer sobre seu ventre,
e agora
minha mulher faz o mesmo com ele. Logo mais lhe dará de mamar.

ADOÇA, MEXE E ADOÇA

Dubi Dombrov às dez da manhã espera no café Limor por um encontro que
não vai acontecer porque não foi combinado. Folheia o jornal da tarde,
olha o relógio repetidas vezes, como se ela já estivesse atrasada. Na verdade
sua manhã está livre: não há nada na agenda exceto tarefas
adiáveis, seguro, contas, dermatologista e multas acumuladas por estacionamento
proibido. Nesta manhã de dezembro se pode ver, através da vitrine do Limor,
duas mocinhas russas ao lado do sinal de trânsito, rindo, esticam o olho para o
motociclista de luvas todo vestido de couro negro, entre as coxas
ruge a Suzuki como um touro. Na entrada do salão Odeon para retoques finais
em noivas está um homem de paletó e gravata-borboleta, toca um violino
lamentoso,
seus olhos parecem estar fechados. Um pinguim perdido numa praia levantina. E na
rua há também um judeu ortodoxo aborrecendo os passantes, convencendo-os
a colocar filactérios.
Dubi Dombrov, com uma echarpe de seda verde-clara em lugar de cachecol,
pede uma xícara de café e bolinhos com geleia

e pesca da bolsa o roteiro de *O amor de Nirit*, para lhe dar um polimento:
longe da cidade, longe do café Limor há uma velha casa de campo junto ao cemitério, com telhado de telhas e chaminé, trinta ou quarenta árvores
frutíferas, colmeia e pombal, tudo rodeado por um muro de pedra e mergulhado na sombra de ciprestes espessos. Aqui ela vai passar alguns dias e
noites para lhe adoçar a solidão. Na verdade ele é um tipo bem repulsivo,
e é por isso que ela se compadece dele, mas no fundo ele tem muito valor.
Bem diante dos olhos dela, em três dias e três noites vai resplandecer em
brilho e candor,
vai deixar cair a crosta da feiura, purgar as mentiras, humilhações e derrotas
para se expor diante dela como uma vela, como uma vela cuja luz delicada
vai tremular por entre montes de ruínas. Aqui no café Limor, por causa das
nuvens baixas, a sombra vai aos poucos lambendo as ilhas iluminadas pela
fraca luz elétrica,
como se as chupasse por um canudinho. Espere por mim. Espere mais um
pouquinho, quem sabe esse Uri nos descola uma grana daquela tal fundação,
onde o pai é membro do conselho.
Daí você e eu juntos faremos uma produção que vai calar a boca de todo
mundo e vamos receber um montão de prêmios e vamos ganhar pilhas de
dinheiro, e então você e eu.
Ou não. Ou esquecer tudo isso e partir amanhã mesmo também eu rumo às

montanhas do oriente, descartar minha pele morta e sair em busca de uma
centelha.
Ele coloca mais uma colher de açúcar no café, que já absorveu três colheres,
mexe, e se esquece de tomar. Procurá-la agora mesmo.
Sugerir que comecem de novo? Espere por mim. Espere mais um pouquinho.
Ou talvez enviar primeiro uma suave carta de amor para que ela veja que
não é um mero rinoceronte,
mas antes de tudo um ser espiritual? Com o polegar e o indicador ele faz sinal
ao garçom para que lhe traga mais um expresso, e continua a folhear o roteiro,
dobra, mexe, vira, amassa, mancha de café a borda das folhas e a manga do
suéter, e a lápis toma notas nas margens, enquanto a outra mão, distraída, põe
mais açúcar e mexe, põe mais e mexe de novo.

ADÁGIO

De manhã até a noite a luz brilha lá fora, e não tem ideia de
que é luz.
Altas árvores respiram o silêncio sem precisar descobrir como
é bom
e essencial ser árvore. Ermos desertos se estendem deitados
para sempre sem mesmo tentar refletir sobre a melancolia de
seu vazio. As dunas se
movem e não perguntam
por quanto tempo, ou por quê, ou para onde. Toda essa
existência é maravilha,
é maravilha,
mas ela própria não se maravilha. A lua ergue-se vermelha
como um olho
rubro,
incendeia a escuridão do céu que não se desola com a própria
desolação.
 O gato
cochila na cerca. Cochila e respira. Nada mais. Noite após
noite o vento
 sopra em florestas e colinas. Gira, rodopia, some, volta. Sopra.
Não pensa e não reflete. Só você, pó e saliva,
até o raiar da aurora escreve e apaga, procura motivo, procura
conserto.

NOTURNO

Depois da trepada Uri se levanta, veste uma calça de moleton,
camisa polo com jacarezinho e telefona,
encomenda duas pizzas espertas rapidinho para a Melchett
vinte.
Ela veste o jeans dela e o suéter dele. Os dois põem a mesa de
centro,
garfo em frente à faca, faca em frente ao garfo, duas xícaras e
duas taças.

O entregador fareja o suor do tesão, crava sobre ela olhos de
cachorrinho
suplicante (ela tinha esquecido
de fechar o zíper do jeans). Ela sente pena, um garoto tão
carente, tão tímido,
sobre os lábios se adivinha uma sombra de penugem, seria
bom de tocar.
Como num pintinho de um dia.
Ela se levanta. Pega a encomenda. Sente vontade de dar para
ele. Só um
beijo.

Mas se contém. À porta, roça o seio no braço dele, envia uma
centelha,
capta um crepitar,
sente o arder de uma chama envergonhada. Depois que ele se
foi, senta-se à mesa.
Vê um fio de cabelo em seu prato. Dela? De Uri? Ou do
entregador? A pizza
esfriou. O copo tem

borda dourada. Dita bebe um pouquinho. Uri lhe dá uma piscadela, ela faz que
sim, não necessariamente para ele.

Afasta o copo. Cerra os olhos: existe mar, existem montanhas.
Este quarto é careta demais. A faca na mão dele. O garfo na mão dela. Longe
daqui
Se estendem florestas. Rios. Chandartal. E a escuridão, e o inverno, e todas as
suas hostes.
Aqui você mastiga e ambos se calam. Este garfo não está nada limpo.

ENQUANTO ISSO, EM BENGALA, A MULHER MARIA

Num quarto barato em um hotelzinho arruinado ela abre a janela e se debruça,
enche os pulmões com uma mistura de odores: mangueiras em flor,
esgoto, comida de pedintes, frutas mofadas, esterco.

A noite é morna. Miasmas do rio. O suave cheiro de podre satura a escuridão.
No sulco entre os seios Maria pinga cinco ou seis gotas de perfume intenso.
Fecha a janela. Come peixe. Este garfo não está nada limpo.

Viu ao longe uma figueira, e eis que tinha folhas, e se aproximou para ver se nela encontraria
algum fruto: e ao se aproximar ela não encontrou nada senão folhas, pois ainda não
havia chegado
o tempo dos figos. Olha no espelho, lápis para os olhos.
Pó de arroz. Lenço de
papel.

Batom. Se teu olho enfraquecer. Se o sal perder o sabor. Troca de saia. Seu cliente vai chegar atrasado. Vai pagar. Vai se despir. Vai dizer, em inglês, que prefere a posição da colher, isto é,

quer ficar por trás, como colher encaixada em colher numa gaveta.
Nessa posição Maria se sente encolhida, protegida, não como uma meretriz que é possuída, mas, por um momento, lhe parece

*

como se suas costas estivessem presas à cruz e como se a cruz fosse com ela
uma só carne. E que depois disso Jesus lhe diria vai em paz minha filha
pois o demônio se foi. Daí ela toma um banho, come algumas torradas

e adormece com a boneca italiana de acrílico já muito gasta
que viaja com ela de cama em cama. Sonha com pão
assado num chalé. *Talita numi*: dorme, Talita. Amanhã,
Chandartal.

LEVANTA, TALITA

Levanta, Talita, já são nove e meia. Trabalha no Hilton mora na Maze levanta-se
na Melchett, seus pais estão viajando, nesta manhã ela vai à rua Amirim, e
já desde a manhã a cabeça estoura: Dubi ligou para dizer que Uri avisou que o
pai dele conseguiu descolar para nós um financiamento, capital inicial para
realizar o filme, não dinheiro vivo, apenas uma promessa de completar o
investimento com a condição de demonstrarmos e com a condição disso e com
a condição daquilo e também com a condição de que a gente contrate um
diretor que tem que ser bem conhecido, e também precisamos assinar (minha
cabeça minha cabeça) você e nós precisamos assinar, temos de comprovar
nossas fontes de financiamento autenticadas por um contador registrado e
Dubi diz que Uri também impôs a condição de entrar com o pai na jogada e
também que ele, isto é, Dubi, abra uma conta especial, a conta Nirit, onde
seria imediatamente depositada uma quantia tal e tal, e na próxima etapa a
fonte de Uri também injetaria uma soma equivalente, e nenhum centavo sairia
dessa conta sem a assinatura de ambos, isto é, de Dubi e Uri,

você não, você
não está investindo nem um tostão furado, pelo contrário, nós estamos
comprando de você os direitos autorais, nós no caso somos Dubi e Uri, você
recebe uma quantia simbólica agora e outros tantos e tantos por cento se a
coisa der certo, assim esperamos. Além disso precisamos também colher as
assinaturas de pelo menos dois avalistas. Levanta, Talita, toma um café, toma,
uma aspirina e vá até Bat Yam (minha cabeça minha cabeça) para assinar esse
papel, assinar só na condição de Albert aprovar, só se ele me garantir que o
papel está O.K. E Uri virá e Dombrov também, com certeza também Bettine, e
talvez um advogado. Albert vai servir chá e um prato raso de palitinhos de
queijo, Bettine vai se levantar para ajudá-lo mas com um olhar eu a farei
desistir. Irei até a cozinha e ela não vai se atrever a me seguir, vai apenas me
lançar aquele seu olhar de vudu que ela aprendeu com um grego velho que
traz de volta os mortos e sacaneia os vivos. Quem vai me emprestar agora uns
duzentos shekels. Levanta, Nirit, vai até Bat Yam.

COMO EU GOSTARIA DE ESCREVER?

Como um ancião grego que faz os mortos aparecerem e os
vivos tremerem.
Ou escrever
como o Homem das Neves que vaga sozinho e descalço.
Registrar a montanha,
anotar
o mar com ponta fina, como que traçando um molde para
bordado.
Escrever como o caixeiro-viajante russo que prossegue em seu
caminho
daqui até a China: encontrou uma cabana. Traçou um esboço.
À tardinha olhou,
à noite desenhou, antes da aurora terminou, se levantou. Pagou
e continuou
seu caminho
ao romper do dia.

COM OU SEM

Como fratura exposta, como um osso quebrado que penetra a
carne rasgada,
minha mãe
se levanta de noite em meio às sombras do teto, e me diz Amik
já são duas
horas por que
você não dorme e por que está de novo fumando. Vai até a
cozinha, meu filho,
beba um copo de leite morno,
volte para a cama e durma. Em mim não pense de noite, eu
sou a insônia,
  em vez disso
pense na chuva e na bruma da floresta, na raposa que busca
abrigo entre os
abetos
no escuro e eles vão te adormecer. No escuro entre os abetos
vagueia a velha
insônia
com o lenço de cabeça encharcado de água, a roupa molhada
até os ossos, o
cajado
retorcido na mão enrugada, uma bruxa cansada chamada
insônia vaga pelas
trevas e pela chuva,
erra entre as árvores na bruma, vai capengando de sombra em
sombra, se
afasta de mim lá fora, mas de novo me cruza
em seu caminho, vai e vem e de novo me atravessa como um
vale que ela em

suas
andanças transformou em vale de lágrimas. Quem sabe isso
tudo é só porque
deixei
alguma porta meio aberta.

DITA ME PASSA UM SERMÃO

Me dê cinco minutos para tentar te esclarecer esse pedaço tão enrolado. As
pessoas estão sempre
levando o fora. Aqui em Tel-Aviv e arredores, por exemplo, aposto que o total
diário de foras
se aproxima ao de assaltos. Claro que em Nova York a porcentagem deve ser
muito maior. Tua mãe
se matou e te deixou bem ferrado. E por acaso você mesmo já não deu o fora
em várias mulheres?
As quais, por sua vez, por tua causa deram o fora em quem deram, e esses
caras chutados por certo deixaram caídas no campo de batalha
mais algumas descartadas e machucadas. É uma reação em cadeia. Está certo,
não digo que não reconheço, ser chutado e ainda
pelos próprios pais é bem diferente, a ferida sangra mais tempo. E mãe, e filho
único, mas por quanto tempo? Toda a vida? Na minha opinião
quarenta e cinco anos de luto pela mãe já é bastante ridículo. Mais que
ridículo: é um insulto
às outras mulheres. Tua mulher, tuas filhas. Eu mesma acho isso muito
irritante. Tente ver, por um momento,
as coisas do meu ponto de vista: estou com vinte e seis anos e você daqui

a pouco terá sessenta, um órfão velho que sai por aí batendo à porta das mulheres para pedir adivinhe o quê? Isso da tua mãe antes mesmo
de meus pais nascerem
te chamar de Amik não é prisão perpétua. Cai fora, cara. Levanta e dá logo o
fora nela. Exatamente
como ela fez com você. Que perambule pelas florestas dela à noite, mas
sem você. Que encontre
outro Freud. Certo, não é fácil dar o fora na própria mãe, mas pelo menos
empurra ela
para algum outro cenário, não uma floresta, por exemplo um lago: no papel
do monstro de Loch Ness,
que como todo mundo sabe pode estar lá no fundo ou pode nem existir, mas
uma coisa é certa,
tudo o que se vê, ou se acha que se vê na superfície não é ele, mas é blefe
ou pura ilusão.

MAS COMO

chutá-la, diz você, é fácil dizer,
saltar fora como um piloto de combate descartando o avião
que despenca em meio a acrobacias ou arde em chamas. Mas
como saltar do avião
que já caiu, se arrebentou e está todo enferrujado, ou submerso
sob as ondas?

DE LÁ, DE UMA DAS ILHAS

Nesta manhã Bettine Carmel olha pela janela, a chuva cinzenta,
venezianas,
tinas,
poças d'água no quintal deserto. Entre varandas sombrias se
estendem os
varais de roupas
sem roupas. A feiura e também a beleza, assim reflete Bettine,
ambas atestam,
ou ambas ao menos são vestígios de alguma presença invisível,
a presença do terrível silêncio da qual elas não nos trazem a
voz e nem o eco
da voz,
mas só a sombra da sombra da sombra. Onde está o barco,
Bettine?
Onde
estão as ilhas que você disse?
Aqui existe apenas um muro de fundos, soltando reboco.
Persianas
enferrujadas. Telhados de zinco. E a chuva cai,
não em torrentes, mas pingo a pingo, como se purgasse. Um
ônibus passa
correndo,
explode as poças e seus pneus espirram jatos de lama como o
esguicho de uma
baleia.
Onde ficam essas ilhas, Bettine? Quando içaremos velas? E
para onde? Os
velhos objetos de toalete de Avram
ainda estão sobre a bancada da pia do teu banheiro, já há vinte

e um anos o
pincel de barba endurecido,
o pote de espuma enferrujado e a navalha já sem fio, e lá fora, em meio às
latas de lixo do quintal,
em plena chuva um gato ensopado se contorce em gemidos roucos de desejo.
As ilhas
que você disse, Bettine, e me perguntou se acreditava, o Carmel invisível, a
presença
do terrível silêncio, em vez de responder sim ou não fiz uma piada. Devolvi a
você
uma gracinha idiota, porque quando você me perguntou eu não estava em
mim.
Em mim havia apenas o vazio. Agora que estou de novo em mim não há
mais por que perguntar
se eu acredito ou deixo de acreditar naquelas ilhas, porque neste momento
aquelas ilhas
sou eu, e de lá, de uma das ilhas eu estou te chamando através da chuva, Venha Bettine,
você também.

PODEMOS COM CERTEZA PREVER

Venha, Bettine, você também. A um encontro na rua Amirim
a respeito de *O*
amor de Nirit, estamos tomando chá e café,
mastigamos palitinhos de queijo. Dombrov está cheio de
palavras e Uri ben
Gal palita os dentes com a ponta de um palitinho.
No lustre de bronze em forma de pé de romã todas as quatro
lâmpadas estão
acesas porque o dia
está nublado. O novo contrato parece justo mas apesar disso
Bettine sugere
uma alteração em favor da clareza, e Albert faz três perguntas
e duas pequenas alterações. Absalão no coração, meu filho,
meu filho
Absalão. Em Bengala já são cinco horas da tarde,
no rádio noticiaram enchentes na planície do rio Brahmaputra.
Fique longe da
água, meu filho. Fique longe da planície e do rio.
Quanto ao Narrador, este cochicha com Dita num canto do
sofá, as folhas do
roteiro entre seu joelho e o dela.
(Albert telefonou para Arad e lhe pediu para ler, para opinar,
para vir, se
possível, ao encontro.) A duzentos metros
daqui o mar confabula com o mar seus graves assuntos, prova
adornos de
prata, despe,
veste, lustra, prova, prefere a esmeralda ao bronze. Na poltrona
que foi de

Nádia uma pilha de casacos,
xales, cachecóis, todos nós receávamos a chuva que ainda não caiu mas
ameaça. Parecendo iluminadas por dentro
as nuvens vão sendo varridas para o oriente, para as montanhas, e mais além,
para Bengala. Lá, no centro da cidade de Dacca,
num canto do Café Mundial, Rico espera dois dos holandeses de quem se
separou no Tibet e com quem combinou
encontrar-se aqui. Como poderia adivinhar que ambos já estão em
Haia desde anteontem? Esta mesa de centro,
as cadeiras, a poltrona, a estante, tudo isso foi feito pelo marceneiro Elimelech
há uns vinte anos por uma ninharia,
quase um presente, pois tanto ele como Albert nasceram em Sarajevo, eram
parentes distantes
e amigos dos tempos de escola. Albert, por sua vez, checava todos os anos as
contas da marcenaria,
revia as faturas. Tudo isso pertence a uma outra ópera, que já terminou faz
tempo. Uri ben Gal
faz agora uma sugestão: essa história, de Nirit e o seu ermitão que vive isolado
numa casa nos arredores da aldeia,
está precisando é de um tempero, uma trepada com um empregado árabe, ou,
vamos dizer,
uma pequena cena de lesbianismo entre Nirit e alguma vizinha. Bettine sugere
eliminar o pedaço
em que ambos, Nirit e o homem, dão de comer aos pombos, pois a cena que se

segue, a do peregrino,
da raposa morta, lhe parece muito mórbida e simbólica ao exagero. Dubi
considera que esse peregrino
por certo acrescenta um elemento de profundo mistério ao final. Quanto ao
Narrador, de sua parte recomenda
encurtar um pouco alguns daqueles longos silêncios que são, a seu ver, puro
maneirismo. Dita se cala.
Albert hesita, pede desculpas e observa que talvez o silêncio expresse o que as
palavras não conseguem expressar.
Enquanto isso Bettine se levanta, recolhe copos e pratos, se detém no caminho
à cozinha e abre as cortinas
de par em par. A visão do mar de inverno, que agora está de um esverdeado
virulento, dá a ela a impressão
de que talvez toda essa conversa seja inútil. Envolta no silêncio dos espaços
infinitos, a Terra navega iluminada,
de trevas a trevas. Aceita mais um chá? Ou café? Não, obrigado, cada um tem
mil coisas a fazer,
resolver alguns assuntos, cumprir obrigações, negócios a tratar, inadiáveis.
Obrigado.
Tenho que me despedir de vocês. Foi ótimo, e quanto ao projeto, o roteiro está
agora em boas mãos. Podemos certamente
prever um enorme sucesso. Começamos com o pé direito.

QUEM SE IMPORTA

Depois, no carro, o noticiário. Um soldado do Exército do Sul do Líbano foi
gravemente ferido, dois reservistas
também feridos sem gravidade. Em Hatzor, na Galileia, mais uma loja fechou,
seus nove empregados
fazem greve de fome. Em Natânia um professor de matemática violenta suas
filhas há já seis anos.
Carro particular capotou à noite na estrada de Betar e acabou num precipício:
pai e mãe e dois filhos, a filha sobrevivente inspira cuidados.
Epidemias e fome em Burundi. Uma mulher em Holon atirou-se da janela.
As chuvas vão continuar. Há um alerta de inundações nas regiões mais baixas
e um furacão
nos Estados Unidos. Quem se importa com *O amor de Nirit.*

MENINO, NÃO ACREDITE

No verão de 46 minha mãe e meu pai alugaram um quarto de
temporada no
apartamento
de um alfaiate em Bat Yam. Certa noite acordei ouvindo uma
tosse que não
era tosse,
e foi a primeira vez na minha vida que ouvi um adulto,
desconhecido,
chorar do outro lado da parede. Toda a noite ele chorou.
Alerta e assustado
continuei na cama sem despertar
meus pais, até que, ao diminuir a escuridão, levantei de
mansinho e o espiei na
varanda. Seus ombros tremiam.
Um passarinho voou no silêncio da madrugada, o homem
apontou para ele e
me disse, garoto,
não acredite. Cinquenta anos se passaram, aquele pássaro não
mais existe,
e nem o homem. Nem meus pais. Só o mar continua, e
também ele mudou
de azul profundo
para cinzento. Menino, não acredite. Ou acredite. Tanto faz.

NÁDIA ESCUTA

O passarinho a desperta. Deitada de costas, os olhos fechados,
ela pensa no
que restou
além do guardanapo, o bordado que ela começou, ainda por
terminar. O que
restou é a vontade de que a dor a deixe,
de que tudo a deixe, as convulsões.
Deitada, como se já tivesse se desprendido da plataforma de
lançamento, ela agora flutua
pela Via Láctea e
a estrela de onde partiu se faz muito distante, diminuta, tanto
que é impossível
reconhecê-la dentre as dezenas de milhares de outras.
O pássaro num ramo a chama, e Nádia, deitada, vai
removendo o bem e o mal, tal
como a mulher
que acabou de lavar o quarto e recua de costas até a porta,
puxando pelo chão
o esfregão de borracha,
agora só lhe resta apagar da beira do piso molhado as marcas
dos próprios
passos.
A dor ainda dorme: o corpo inimigo não acordou com ela ao
chamado do
pássaro, a dor e todos os seus punhais.
Até mesmo a vergonha, companheira de toda a vida, passou.
Deixou de
atormentá-la. Tudo começa a soltar-se dela
e Nádia se solta de tudo, como a pera do galho: não a pera

colhida, mas a pera
madura que cai.
Agora, às quatro da manhã, está mais sozinha do que jamais esteve na
vida,
não sozinha como a mulher doente que ouve um pássaro cantar no jardim, mas
sozinha como um pássaro sem jardim, sem ramo, sem asas.
Pousa a mão enrugada no seio murcho porque de repente, por um instante
o canto do pássaro se confunde com o choro noturno vindo de um berço, a
boca escancarada do bebê
para lhe roçar o mamilo, ou talvez não seja um bebê mas um homem que vem
empunhar com a mão o seu seio, acaricia,
aperta, alivia, passa o mamilo entre os lábios, desenha com a língua em sua
carne
arrepios descem até a raiz da sua espinha, e assim despertam do sono todas as
agulhas da dor
da doença, e como uma criancinha no escuro ela enfia o dedo na boca. *Narimi*,
narimi
passou, e agora ela precisa de uma injeção.

METADE DE UMA CARTA PARA ALBERT

Depois do enterro escrevi uma carta para Albert, metade pessoal e
emotiva, que não quero citar aqui, e a outra metade
uma espécie de meditação, que vou reconstruir em outras palavras. O deserto e
o mar, assim como você, insistem em manter entre eles
o débito e o crédito equilibrados. Vapor, nuvens, enchentes, o vento que
muda, os rios que correm para o mar, mas não vai nisso
nenhum consolo: de agora em diante você está sozinho, sem ela, entre móveis
escuros cobertos por toalhas bordadas,
cortinas de renda que o vento do mar infla por um momento e logo deixa
pender frouxas novamente. Sempre que eu estiver na cidade
vou tentar dar uma passada aí para um chá. Seja forte, Albert, e me telefone
sempre que quiser.
Quanto aos recibos que pedi para checar, não há nenhuma pressa, nada de
urgente.

O NARRADOR VEM PARA O CHÁ E ALBERT LHE DIZ:

Li um artigo seu, no vespertino de ontem. Fogo e enxofre.
Rico me trouxe e
disse, leia isto aqui, pai,
mas não fique nervoso, procure só compreender onde nós
vivemos e para onde
toda essa loucura toda está nos levando.
Foi o que ele disse, mais ou menos. Acho que está ainda mais à
esquerda do que você, estado repressor etc.
Eu sou uma pessoa um pouco menos radical do que vocês dois,
mas também
não gosto nada da situação atual.
Em geral não digo nada, devido a um certo temor, até
justificado, de que ao
reagir a esta ou àquela injustiça
eu mesmo possa me expressar com palavras não muito justas.
A raiva não
conhece limites. Claro que tenho total respeito à
criança corajosa que grita o rei está nu enquanto a multidão
grita viva o
rei. Mas a situação hoje
é que todo o país está berrando o rei está nu, e talvez por isso
mesmo a
criança deveria arranjar algum slogan novo,
ou deveria dizer logo o que tem a dizer, sem gritaria. Seja
como for, o fato é que o
barulho é grande, e o país inteiro está aos berros, rogando
pragas,
mesquinharias, fazendo soar tambores e trombetas.
Ou então o oposto, um sarcasmo

cortante: todo mundo se denunciando mutuamente.
Do meu lado, acho que qualquer crítica aos assuntos públicos deveria
conter, digamos, no máximo vinte por cento de sarcasmo e zombaria,
vinte de dor, e sessenta por cento de ideias construtivas — senão, ficam todos
se alfinetando e ridicularizando uns aos outros,
todo mundo começa a falar com uma voz que não é a sua, e tudo se enche de
más intenções. Sirva-se, experimente um pouquinho deste aqui,
foi a cunhada de Nádia que fez para mim, para que eu tenha o que oferecer aos
que vêm me dar os pêsames. Experimente este aqui com queijo,
o que você preferir, os dois estão muito gostosos. Quando você escreve para o
jornal naturalmente você escreve o que quer, mesmo coisas
ásperas, duras, mas lembre-se de que a voz humana foi criada para expressar o
clamor e também a revolta, mas essencialmente ela contém uma
parcela considerável de fala tranquila, precisa, com palavras medidas. Talvez
com tanto barulho possa parecer que uma voz dessas
não tem chance, mas mesmo assim vale a pena usá-la, até mesmo numa sala
pequena, para três ou quatro ouvintes. Ainda existem neste país
pessoas que afirmam que de modo geral o rei não está nem nu nem bem
vestido, mas sim, por exemplo, usando roupas
que não lhe caem bem, ou até mesmo elegantíssimo, mas tolo como a
multidão que o aplaude, ou como a outra multidão, a
que não mais o aplaude, pelo contrário, o vaia, insulta ou grita que o
imperador está morto, ou bem merecia estar.

De qualquer forma, quem disse que é tão ruim ter um rei nu? Pois a multidão
também está nua, e o alfaiate, e a criança. Talvez o melhor para você seria
ficar bem longe desse cortejo. Fique quieto na sua casa em Arad e escreva, se
puder, tranquilamente.
Em tempos como esses a tranquilidade talvez seja o bem mais raro no país. E
que não haja aqui mal-entendidos:
estou falando de tranquilidade, não de omissão, com certeza.

EM BANGLADESH, NA CHUVA, RICO ENTENDE POR UM MOMENTO

Dando as costas à sua mãe, na ponte sob a chuva cálida, entre um vilarejo e um
pântano, Rico ouve vozes molhadas à distância.
Mulheres, ursas na neblina, riem sobre o campo inundado, e uma delas acena
para ele
convidando-o a descer e juntar-se a elas. O cabelo molhado cola no rosto, e
uma lufada de vento traz até ele o cheiro de figos maduros,
o cheiro que Dita exala quando ele toca sua orelha com a língua enquanto a
mão acaricia as coxas.
A chuva morna continua a cair, e sob a ponte flui o rio de lama, como mingau.
Tristeza e desejo se apoderam,
o desejo avança como o mercúrio no termômetro de seu membro pressionado
contra a mureta da ponte enquanto suas mãos
passeiam sobre o parapeito áspero. Ele olha as raízes expostas das árvores à
sua frente
no ar molhado, dedos extraterrestres agarrando o nada.
E como dá as costas à sua mãe, inevitavelmente está de frente para o pai. Se
der as costas para o pai
de novo estará frente a frente com a mãe. Ele tem que desmanchar essa *mise-*
-en-scène,
aproximar meus pais para que fiquem juntos, para que eu

possa dar as costas
para ambos e voltar.
A camponesa que o convidava por gestos desistiu, se encolhe
no chão de lama,
enquanto chove e chove.

MAGNIFICAT

Manhã de alegria cor laranja: levanto-me às quatro e meia e já às cinco depois
do café sento-me à mesa de trabalho e quase de imediato surgem duas linhas
limpinhas, direto da caneta ao papel, como um gatinho que salta do meio dos
arbustos, aí estão elas como se não tivessem sido escritas, mas existissem
desde sempre, e não fossem minhas, mas delas próprias. A luz sobre as colinas
ao oriente não consegue parar de passar a mão, com o maior despudor, nas
partes mais íntimas, acelerando a respiração de todos — pássaros, copas de
árvores, abelhas. Imersos em alegria, ainda antes das seis já estamos todos
deixando a escrivaninha e saindo para trabalhar no jardim — o Narrador
fictício, o Autor implícito, os heróis da narrativa, o escritor madrugador, e eu.

Rosas, murtas, buganvílias, violetas e arbustos de sálvia, todos recolheram
gotas de orvalho e agora cintilam suaves. Rico e Uri ben Gal refazem as covas
em volta dos dois limoeiros enquanto Nádia, meu pai e Dombrov podam as
roseiras e Avram ajuda o Autor e Albert a capinar com a enxada entre os

canteiros, arrancando com a mão os matinhos próximos aos
pés das plantas.
Bettine, minha mãe e Dita, as três curvadas amarram pés de
ervilha aromática
aos suportes feitos de ripas delgadas, e até o comerciante russo
faz uma parada
em seu caminho para a China para consertar o caramanchão
de videiras, com a
ajuda de minha filha Fânia, que quer saber dele o que se
conhece em Nanquim
sobre Nizhni e como Nizhni é vista de Nanquim, e Maria
prepara um viveiro
com mudas e também os holandeses estão por aqui — Thomas,
Johan, Wim e
Paul, preparando covas para o plantio em pontos marcados
por Elimelech o
carpinteiro, enquanto minha filha Gália poda os renques de
arbustos apesar de
achar que por ela tudo aqui estaria sendo feito de um jeito
completamente
diferente, o primeiro marido de Nádia ergue montes de folhas
secas com o
ancinho enquanto cantarola num zumbido etéreo, e meu filho
Daniel revira a
terra fazendo sulcos enquanto improvisa melodias batendo os
dentes do
forcado, e a filha do carpinteiro vai acertando as beiradas dos
sulcos enquanto
Rajeb espalha o adubo. Na via Beira-Mar e na rua dos
Ciclâmens meus
netinhos Deán, Nadáv, Alon e Ya'el ainda dormem, e aqui no
jardim, tomando
cuidado para não acordá-los, eu acaricio com a mão o ar doce
que tremula ao
redor de seus cabelos, e trato de sufocar um desejo urgente de
lamber suas

testas ou bochechas e mordiscar os dedinhos de seus pés.
Manhã de felicidade
cor de laranja todos os desejos estão desligados e só o deleite
está bem aceso.
Hoje a dor, o medo e a vergonha estão longe de mim, tão
longe quanto um
sonho está longe de outro. Tiro os sapatos, e com a mangueira
do jardim rego
meus pés, as mudas tenras, e a luz. Tudo aquilo que perdi já
foi esquecido, o
que me fez sofrer se dissolveu, o que eu deixei escapar,
escapou, e o que
restou é bem suficiente. Os trinta dedos de meus filhos, os
quarenta de meus
netos, e minha casa, o jardim, meu corpo, as linhas que
surgiram pela manhã e
eis que aparece agora na janela minha bela esposa, que está
bem próxima ao
coração da vida e nos chama a todos para casa, para o pão
recém-cortado e os
queijos, as azeitonas, a salada, e logo mais também o café.
Depois voltarei à
mesa de trabalho e talvez consiga trazer de volta são e salvo o
jovem que foi
procurar nas montanhas o mesmo mar que se esparrama bem
perto de sua
casa. Já voamos bastante. É tempo de reconciliar.

ONDE ESTOU

Por que nós nunca te vemos em nenhum lugar, dizem a ele.
Porque você se
enterra
naquele buraco, dizem, sem amigos, sem ir a festas, sem se divertir,
sem gozar a vida. Vê se aparece, cara, vem ver gente, dar umas trepadas.
Mostra a cara, dê pelo menos algum sinal de vida.
Esquece, ele responde, acordo às cinco da manhã, tomo um copo de café,
apago e escrevo seis ou sete linhas
e o dia já era, cai a noite e apaga tudo.

À NOITE, FALTANDO UM QUARTO PARA AS ONZE, BETTINE TELEFONA PARA O NARRADOR

Bettine está de novo em casa esta noite. Fechou a cortina e baixou a persiana
da varanda para não ver o vizinho gordo em frente cutucando o nariz, peludo,
de camiseta e moleton assistindo da poltrona algum programa humorístico na
TV. Do outro lado o mar, liso esta noite, com reflexos escuros, frio, um mar
como uma placa de vidro negro, como a placa de uma firma respeitável, com
linhas de reluzentes letras douradas escritas sobre ela. Mar de luxo, mar
lustroso, mar tipo "Fundos & Correntezas S.A.". Bettine está em sua poltrona,
iluminada por um abajur cor de laranja, lendo a biografia de Tchecov escrita
por Troyat. Ao final de cada página ela fecha os olhos e pensa no Narrador,
está claro que ele agora está no deserto, em Arad, sentado à mesa de trabalho
que Elimelech o carpinteiro lhe construiu. Ela mergulha um pedaço de bolo de
mel na xícara de chá que já esfriou. Na capa uma foto do doutor Tchecov, um
homem quase jovem, mas sua barba macia, cabelo e sobrancelhas já prateiam.
Veste um casaco listrado com gola ampla, e colete. Colarinho duro com uma
gravata-borboleta um pouquinho torta, e um triste pincenê

preso por um cordão. Os olhos são de um médico humilde que já examinou, já tem o diagnóstico, pode prever a evolução do quadro, mas ainda não o revelou ao seu paciente, embora saiba que esse é agora seu dever. Não sou Deus, dizem seus olhos ao paciente à sua frente, afinal faz tempo que você sabe, no fundo do coração, e espera, e eu espero também, que este exame nos traga uma boa surpresa e suavize o prognóstico. Assim falam os olhos do doutor Tchecov na fotografia. Por enquanto é necessário, e possível combater a dor. Vou lhe receitar gotas de tintura de ópio e também algo que o ajude a dormir. E também injeções de morfina para que você consiga respirar. Ar puro, sol e repouso: não fazer nada, permanecer sentado até a tardinha, bem agasalhado numa cadeira preguiçosa de vime à sombra do caramanchão do jardim, e sonhar. Dura e desesperada é nossa vida por aqui, roda em círculos, vai e vem, solitária e trabalhosa, mas vou lhe dar uma receita de sonho e ilusão — que você ainda vai ficar bom, que ainda vai viajar de carruagem daqui até Tula, até Kazan, que ainda vai despachar balsas abarrotadas de mercadorias rio abaixo, que ainda vai comprar por um bom preço a propriedade de Nikitin, que ainda vai encantar Tania Fyodorovna, a ponto de fazê-la deixar aquele Gomilev grosseirão e voltar para você. Sente-se e sonhe. O doutor

Tchecov está mentindo, e um sorriso humilde perpassa os cantos de seus lábios. “Minha alma está cansada”, escreve para Suvorin em agosto de 1892, “estou entediado. Não ser dono de sua própria vida, não pensar em outra coisa que não diarreias, assustar-se à noite com o latido de um cachorro ou uma batida no portão, será que vêm me buscar? Viajar numa carroça puxada por uma égua exausta por atalhos desconhecidos, não ler nada que não seja cólera, não esperar por nada que não seja a chegada da epidemia, e ao mesmo tempo ser absolutamente indiferente à doença e às pessoas de que você trata.” E em outra carta: “Os camponeses são rudes, sujos, desconfiados, e eu sou o mais desgraçado dos médicos da região, meu cavalo e minha carroça não servem para nada. Não conheço os caminhos, à noite não sou capaz de enxergar nada, não tenho dinheiro, me canso muito depressa, e o principal — não posso esquecer que devo continuar escrevendo, e tenho uma vontade enorme de cuspir na cólera, sentar e escrever”. Bettine pousa o livro aberto com as folhas para baixo no braço de sua poltrona, vai à cozinha ferver mais água para o chá. Da janela da cozinha vê o vizinho gordo na janela da cozinha dele, vestindo camiseta de malha e moleton, apoiado no parapeito. Observa as trevas ou espia a janela dela, é surpreendido e sorri culpado. Quem sabe ele sonha em enviar balsas rio abaixo. Bettine fecha a cortina. Faltam quinze para as onze agora, o Narrador ainda está acordado, ela telefona: desculpe pela hora, só queria contar que Dita voltou hoje novamente para a casa de Albert com sua tralha, pois o apartamento alugado por ele na rua Maze, ela emprestou para Dombrov, que por conta do atraso de vários meses foi despejado ontem do seu apartamento, e Uri ben Gal, que havia prometido adiantar a ele uma parcela, foi para a Espanha e se esqueceu. E chegou ontem um cartão-postal de Bengala, ele continua procurando sua sombra, até aí nada de novo. Por acaso você leu o livro de Troyat sobre Tchecov? Esse livro traz até aqui, até Bat Yam, o cheiro de outono e de neve, o cheiro de grandes jardins abandonados ao vento do outono. Tudo isso é na verdade bastante melancólico mas ao mesmo tempo engraçado — afinal, tudo o que não existe e o que não vai existir, no fundo é tudo o que temos. À noite nos assustamos com um latido de cachorro, com o ranger de um portão, mas o latido diminui para um uivo tímido, o portão deixa de ranger, e de novo tudo volta ao silêncio. Eu interrompi seu trabalho? Desculpe. Boa noite. Mais uma coisa, quando estiver em Tel-Aviv, dê uma ligada, venha tomar uma xícara de chá aqui em casa ou

na casa de Albert, na varanda. Nada mau o que você escreveu hoje sobre o
mar, mar de luxo, preto lustroso com letras douradas, mar de uma firma
respeitável, Fundos & Correntezas S.A. Cuspa na cólera. Sente-se e escreva.

NUMA REMOTA ALDEIA DE PESCADORES NO SUL DO SRI LANKA MARIA PERGUNTA A RICO

Freira? Garçonete? Virgem? O que você quer que eu seja esta noite? Só a sua mãe
não. Chega. Mas antes
de qualquer coisa toque a flauta. Não aqui. Vamos descer até a praia. Lá você pode tocar e
também me contar uma história.
Um a um os barcos de pesca saem para o mar à luz trêmula de suas lanternas,
lambem as ondas com seus remos,
como línguas sobre um seio. O vestido de Maria infla com o vento, ele está
descalço, de jeans, e veste uma camiseta. Não anda
ao lado dela, mas segue um pouco atrás: sempre que tocava flauta, os animais o
seguiam, as moitas,
os prados, as montanhas se curvavam para ouvir, os rios fugiam de seu leito,
os vendavais do norte se imobilizavam
para não perder uma só nota, os pássaros calavam-se e até as sereias paravam
de cantar,
e ouviam. Quando sua amada morreu, ele desceu aos infernos
em seu encalço. Encantou Perséfone com sua música,
dos olhos da Morte arrancou cinco ou seis lágrimas
de ferro e hipnotizou seu cão:
pois todo poeta, todo músico, todo mágico deseja, como ele, trazer os
mortos de volta. A única condição era

não se voltar e não olhar para trás até o fim do caminho,
prosseguir tocando sem parar. Em princípio,
essa era uma condição fácil de cumprir, certamente ditada por medida de
segurança de modo a proteger o mundo subterrâneo.
Hades, entretanto, este mestre em rimas de lágrimas de ferro
conhecia bem o coração da sua vítima:
pois o sábio tem os olhos no rosto, mas o poeta não: seus olhos estão na nuca.
O menestrel tocará sempre de costas. Quando o negro da noite em cinza se tornou,
seus braços ainda a envolviam e a abraçavam,
porém ela não mais estava lá. Tocar sua flauta ou abraçar. Um ou outro.
Depois disso se tornou um nômade, um errante, como o jovem Davi
nas cavernas de Adulam. Tocava para as florestas que se quedavam imóveis para
ouvir sua música, tocava para as colinas. Tente, Maria,
imaginar: as torrentes e turbilhões de sons que percorreram o mundo,
incluindo trovões, gritos, latidos,
melodias, súplicas, tosses, tiros, sussurros, borboletas, o suspirar dos trilhões
de folhas das árvores,
terremotos, goteiras, gorjeios, confissões, os ecos e ecos de ecos, todas as
infinitas vozes
que, como num eterno outono, cobriram e de há muito
soterraram o fio trêmulo da sua flauta. Naquele inverno dos Scuds, que te contei
em Bengala, eu e Dita
fomos ao velho cemitério de um kibutz chamado Aielet Hashachar, e lá se
ouve, às vezes,

uma espécie de som que promete tudo o que você quiser
naquela noite,
desde que você não se volte e olhe para trás.

SEU PAI O REPREENDE DE NOVO E TAMBÉM SUPLICA UM POUCO

Ouça com atenção. Aqui fala seu pai. Uma pessoa simples,
Uma pessoa bastante sem graça, como eu sou mesmo, mas seu pai. O único
que existe, e isso é algo que nem a sua ironia pode mudar.
A mulher ordinária com a qual você anda, talvez ela faça
um show pirotécnico na cama, desse assunto eu não entendo
e desculpe mencioná-lo, mas a pirotecnia brilha e depois
se extingue, o tempo fica mais e mais seco, o verão se foi e você
não volta. O verão passou, e o outono, e o que há com você,
por onde tem andado? Envolto na neblina de um mundo caótico, nos braços
de uma prostituta — sorte que sua mãe — bem, nada. Não desliga.
Só mais um minuto. Ouça: Dita está aqui de novo. No teu quarto.
Às vezes, olho para ela e penso, só com os meus botões,
meu neto está secando. Espere. Não desligue. O outono já
passou e você é névoa. Esta noite sonhei com meu pai,
ele sovava a massa do pão e, rouco, resmungava em ladino: *Stupido Albert,*
Asno, mais dez minutos e *Se hizo hametz*. Este telefonema
já está me custando bem caro. Mesmo assim vou dizer outra coisa:
sob o mesmo teto ela espera e eu espero. Há um aspecto muito ruim
nessa situação. O verão se foi, o outono também, a chuva me traz
o cheiro do pó. Que não me volte tarde demais.

LUZ E SOMBRA

Como a locomotiva enegrecida de fumo ao fim da viagem, a
metade
iluminada do globo terrestre se arrasta, exausta, para a sombra
enquanto a metade escura tateia sua primeira réstia de luz.

DITA SUSSURRA

Minha mão no feno do teu velho peito
colhe palha
para forrar nosso ninho.

MAS ALBERT A IMPEDE

Leve é sua mão sobre o feno do meu peito. Sobre sua mão
pousa a minha, enrugada. Ela está só, eu estou só.
Na varanda. De pé. O mar leva, o mar traz.
Silhueta esbelta e pequena sombra. Sombra que
se desculpa. Se afasta. Foge. O mar traz, o mar leva.

MAIS TARDE, NA COZINHA, ALBERT E DITA

Ela faz uma omelete. Ele corta a salada bem fina. No ombro dela o roçar da
pele de seu braço
como lábios que se encontram pela renda do véu. Uma xícara cai. Não quebra.
Ele vê nisso um indício para realizar um desejo: salada com azeitonas,
omelete dupla,
iogurte com mel e pão preto bem fresco com queijo de cabra.
Tudo isso quase às duas da manhã, em Sri Lanka já amanhece e aqui
o cheiro de cozinha depois de usada. Tiram a mesa. Amanhã ele lava,
  agora é muito tarde.
No banheiro estão os dois: ele de pijama de flanela cinzenta, ela vestindo a
camiseta que vai até a coxa.
Ele de frente para o vaso sanitário, ela em frente do espelho escova os dentes. Ele
calça chinelos, ela descalça,
antes de dormir ele ainda quer pregar para ela um botão
no ombro do vestido laranja que ele traz nos braços ao seu quarto
como quem traz a noiva ao leito nupcial. Próximo e arfando, próximo e
gelado, o mar silencia em frente da janela. A casa trancada.
Logo mais o passarinho.

TODA PARTE VALE

Dentes do tempo, fumaça sem fogo, no dorso de minha mão
vê-se a mancha marrom que esteve um dia, no mesmo lugar,
sobre o dorso da mão ossuda de meu pai. E assim meu pai
retorna da remissão do pó. Por anos esquecera, de repente lembrou-se
de voltar, e de dar agora como herança a seu filho uma nesga de pigmento.
Dentes do tempo. Queimadura sem fogo.
Marca dos velhos da família, legado do morto
No dorso da tua mão.

BOA, RUIM, BOA

Maria também lê presságios no café. Na borra do café ela lê,
põe os óculos de leitura, Maria não é mais jovem. O café
traz boas novas, e ruins. Ruim, que o tempo escoa.
Boa, que o tempo cicatriza as feridas. Boa, que a noite está linda.
Ruim que o café terminou, e o dinheiro está quase no fim.
Veja, lá está uma cabra, olhando para nós como viúva,
quem sabe ela acha que nós somos mãe e filho. Tudo bem,
que pense, que viva enganada, pois adianta discutir com cabra? E
pior,
com cabra viúva? À noite comeremos tâmaras, vamos dormir
nessa palha,
e não vamos espantá-la. Vem, encosta aqui. Amanhã, Chandertal.

DUBI DOMBROV TENTA EXPRESSAR

Vinte para as três da madrugada. Essa, e não seis, deveria ser a hora que
consta na parte de baixo do mostrador: é a menor hora de onde podemos vislumbrar
o que vai acontecer no dia seguinte. Dubi Dombrov telefona para Dita Inbar
que cochila sobre o jornal *A Cidade* na recepção do hotel, o rosto apoiado na
mão, à sua esquerda, num copo de plástico, um resto de Sprite libera suas
últimas bolhinhas. Desculpe, diz ele, só pensei que agora você tem tempo
para conversar um pouco comigo. Pintou de repente uma ideia, se você
conseguir, por exemplo, descolar do seu coroa, ou de algum outro coroa, algo
como nove mil dólares, daria para a gente, como se diz, ficar numa boa.
A gente poderia estender as asas legal e fazer um filme do cacete. Com um tutu
desses eu posso te botar como sócia meio a meio na Produções Dombrov Ltda.
Em um ano essa grana já retornou. Retornou não, já rendeu o dobro. Dois
chefões, do mais alto nível do Canal Dois, ainda não é o momento de revelar
nomes, leram o roteiro revisado e viram nele um grande potencial. O problema
é que eu estou no vermelho, vendi o Fiat (com nove multas de

estacionamento
e o seguro vencendo daqui a dois dias), mas não se preocupe — do seu
apartamento na rua Maze eu caio fora um minuto depois que pintar a grana
prometida pelo Uri. Além disso peguei um eczema, além disso faz dois meses
que não pago pensão e hoje chegaram pelo correio uma ordem de sequestro de
bens e a convocação dos reservistas, doze dias na base de Kastina, e ainda por cima
três dias de prisão de ventre, desculpe os detalhes. Se o coroa não morrer
com nove mil, quem sabe se ele não dá pelo menos dois mil? Ou mil? Eu tenho uma tela de
Tumarkin que com certeza vale o dobro. Te dou de presente. Eu estava mesmo
querendo te dar algo bonito e pessoal. Embora essa pintura seja bem nojenta,
mas é tudo o que tenho, Dita. O que ninguém no mundo pode dar é o que não
tem. Não estou pedindo nada a você, mas daria só para tentar me ver de vez
em quando sob uma luz um pouquinho mais positiva? Se for possível? E sobre
o dinheiro, consiga o que puder, o velho é louco por você, você vai ver que o
nosso filme vai arrasar. E como. Até dois mil já quebrariam o galho para
começar. Depois disso você vai ficar besta de ver como o nosso negócio vai
para a frente sozinho. Pode acreditar. Nunca na vida eu te pediria um centavo se
tivesse algum outro jeito. Me diga, interrompe Dita, você sabe por acaso
que horas são agora? Me diga, em qual dos mundos você vive?

Dubi Dombrov
responde, e o seu bafo chega até ela pelo fio, via central telefônica.
Você quer
saber? Eu vivo no pique. Todos nós vivemos no pique. Pique é
uma definição
de tempo, e de certa maneira é definição de espaço também. A
verdade é que
eu penso em botar logo o meu corpo para vender em alguma loja,
ou
hipotecar, sei lá, mesmo que não me renda um centavo. Pelo
contrário, eu
ainda pago. Todos os meus problemas vêm desse monte de carne
que grudou
em mim desde que nasci, e que não me deixa decolar. Ele não vai
me dar nada
de bom, nunca. Bebe combustível como um louco, e em troca só
me faz pagar
mico. Esse meu corpo está sempre grudado na minha cara. Se eu
só pudesse
dar umas bandas pela cidade sem ele, tudo seria mais fácil. Poderia
bolar
um filme que esta cidade ainda está para ver. Liberado de dormir
e respirar,
liberado do cigarro, sem barriga, sem ter que me apresentar como
reservista,
sem dívidas, sem medo da aids, não daria a menor pelota pro
mundo. De
minha parte, que venham os Scuds de novo e tirem ele de mim.
Ou então vou
pro necrotério de Abu Kabir vender, ou até doar, meu corpo para
o Instituto
Médico-Legal, para algum centro de transplantes, algum rabino,
sei lá, e aí
sim, livre, leve e solto como o vento iria de lá direto para a praia.
Curtir.
Numa boa. Até mais longe, para o Tibet, para Goa, chego lá, fico

no lugar do
teu namorado e mando ele de volta pra cá, para você, e a verdade é que eu não
acredito em nada daquilo, que ele anda pra cima e pra baixo transando com
uma portuguesa, a cantora de fado particular dele, a periquita missionária que
ele arranjou, tudo papo furado, claro que ele deve estar enfiado em algum
buraco, lá na Índia, e toda essa enganação de Maria só existe na cabeça do
Narrador, com esse sim, você podia bater um bom papo, fazer um charminho,
dois ou três telefonemas para as pessoas certas, esse cara com certeza conhece
todo mundo, e nosso filme vai decolar na maior. Esse Uri também, no fim das
contas é uma grande furada, e eu mesmo ainda mais do que ele. A verdade é
que eu só te liguei agora às três da matina porque pensei que talvez só assim
eu teria peito para abrir finalmente meus sentimentos para você, e o pior é que em vez
dos sentimentos veja o que saiu, um belo mostrengo. A que horas você
termina seu turno? Eu te espero em frente ao hotel. Tudo bem? Ou não espero.
Pra quê.

SCHERZO

Gosta de queijos, corta a salada bem fina
Ainda não nasceu quem corte mais fino.
Enviou esta manhã mil dólares para o filho e para Dita
depositou um cheque de três mil e quinhentos shekels.
Tirou da poupança, mesmo sabendo que esse é dinheiro perdido.
Agora lê as notícias e descobre que a situação
do país também vai de mal a pior. Os dirigentes são arrogantes,
Pavão do Exterior, Pavão do Interior, pequenas raposas
grandiloquentes. Visão do humilde: consultor fiscal de uma
quitanda,
de um instalador de ar-condicionado, vê no espelho
o rosto escuro como uva passa. Diz para si próprio: passam
os dias. Sim, senhor, os dias passam. Por favor, meu senhor,
desculpe, meu senhor, lamento muito, meu senhor, logo
fecharemos. E aí você volta e termina de checar um balanço.
Tente pelo menos arrumar a mesa. O jornal pode esperar.
Depois, se der tempo, você ainda pode mudar de camisa
e dar um pulo na casa de Bettine. Vá até lá, sente um pouco,
converse.
Depois volte. De um jeito ou de outro não vai adiantar nada.

NAVE-MÃE

Bettine, como vai? É Dita. Estou ligando para saber: por acaso ele deixou os
óculos aí?
Os de armação preta? No estojo preto? Não estão aí? Bem, vamos continuar
procurando. Devem estar passeando aqui pela casa. Você vem
à noite? Estou no plantão da noite: saio de casa às sete para estar no hotel
antes das oito.
Venha. Vocês podem comer alguma coisa e depois sentar na varanda para
conversar, só não acenda a luz, tem mosquito, um saco.
No inverno você uma vez me disse que eu estaria causando sofrimento
desnecessário para ele,
ou algo assim, não me lembro. Agora posso te dizer para ficar tranquila,
Bettine.
Não há vítimas. Pelo contrário — agora nós vamos levando muito bem, cada
um por si, se é que se pode dizer assim,
mas assim é, Bettine. Hoje no jornal vi uma grande manchete, fotos,
momentos de pânico no espaço,
à procura da nave-mãe, está ou não está fora de controle. Na minha opinião
acontece uma coisa dessas quase todo dia
para muita gente: achados, perdidos, achados de novo e quase morrem

sufocados. Como é que chegamos de repente a esse assunto?
Não importa. Se por acaso você ainda achar os óculos dele por aí,
pode trazer
hoje à noite.
Se não achar, venha de qualquer jeito, é melhor que vocês fiquem
juntos do
que a noite inteira sozinhos.
E veja se não traz mais comida: já fiz as compras de hoje —
verduras,
mercado, a geladeira está cheia.

SOU EU

Agora eu. Eu era Nádia e agora
nem espírito, nem reencarnação, nem fantasma. Agora
sou a respiração de meu filho que ressona sobre o colchão
de palha sou o dormir da mulher que sobre o ombro dele
repousa a cabeça sou também o cochilo de meu marido
que desabou sobre o sofá da sala, eu sou o sono de minha nora
adormecida sobre o balcão do hotel eu sou o roçar da
cortina que o mar faz esvoaçar na janela. Essa sou eu.
Eu os faço dormir.

UMA HISTÓRIA DA VÉSPERA DAS ELEIÇÕES

O membro do Knesset, Pessach Kedem, do kibutz Yikhat, se viu de repente excluído
da relação do partido por maracutaias e conchavos, não foi eleito, pois um
esperto filho da puta
garfou sua confortável posição no meio da lista. Passado o assombro
e a humilhação procurou um lugar, ainda que não real, onde pudesse
recuperar a pose perdida pela vergonha, lugar protegido dos olhares piedosos
e dos alegremente vingativos.
Por fim, dizem, alguns amigos conseguiram um arranjo razoável, ainda que
provisório,
de diretor-geral, ou apenas secretário-geral de uma espécie de gleba particular
na Serra das Carapaças,
na parte inferior do deserto, perto de Arad. E lá está o homem, faz anotações,
lembra, bufa, conspira, tuge, refaz a blindagem, baixa a cabeça,
contrai os músculos, esconde o rosto na carapaça, analisa seu percurso, de
parlamentar a tartaruga.
E você? Seguro e blindado no confortável meio da relação?

LEMBRA-NÃO-LEMBRA QUE ESQUECEU

Enquanto isso ele toma conta, às noites, do surrado equipamento
de refrigeração de uma companhia belga de pesca no Golfo de
Kirindi, rodeado
por uma cortina
de colinas escuras. Maria viajou. Para além dessas colinas há uma
floresta
tropical quente e úmida, empapada de suor pelas chuvas
incessantes, onde há
macacos, papagaios, morcegos
e grandes cobras. *Aus Israel*, diz o engenheiro austríaco com olhar
conspiratório, tipo "depravado encontra depravado". *Ach so*, se é
assim ele
decerto
não vai pegar no sono durante o seu turno de vigia, e não vai
ficar sentado
esperando que alguma luzinha acenda no painel de controle. O
salário, em
rúpias do Sri Lanka,
é de três dólares e meio por noite, e mais um peixe que ele pode
assar depois
da meia-noite, e ao sair, pela manhã, pode ganhar mais dois
peixes frescos
pescados pelos barcos.
A estalagem custa menos de um dólar por dia, e o mesmo pelo
arroz, verduras,
um mosqueteiro alugado,
cartões-postais e selos. Enquanto isso há aqui um garoto, uma
criança
abandonada que ele herdou do vigia anterior (que por sua vez

herdou do
anterior), criatura
ligeira, das sombras, que de certo modo pertence à empresa pesqueira, dorme
durante o dia em alguma câmara frigorífica desativada, e às noites, entre
tubulações grudentas
de óleo lubrificante ressecado, vive como ladrãozinho de peixes, ou como subvigia
noturno gratuito. Desliza pelos espaços estreitos
entre as câmaras, descalço, como um pequeno lobo faminto, seis anos de
idade, ou oito, talvez, esfarrapado, a cada noite ele renasce das sombras
atraído pelo cheiro do peixe
assado na brasa à meia-noite, um trapo enrolado na cintura, farejando
assustado ele penetra no círculo iluminado pela fogueira,
sua pele arrepiada e a ânsia de escapar. Em vão você tenta seu inglês
pontilhado por retalhos de singalês. Venha, garoto, venha, não tenha medo:
vigias anteriores já o seduziram com o cheiro de peixe,
e fizeram com ele isso e aquilo. Agora ele está mais cauteloso. Primeiro me
dê. Atire em sua direção um pedacinho de peixe
que ele dá um salto, abocanha com os dentes em pleno ar, some nas sombras
com o butim e logo reaparece, iluminado pela fogueira,
as pupilas brilhando como brasas, seu rosto na penumbra é o rosto de um anjo,
mas um anjo impuro, um anjo manhoso e esperto, exímio nas gradações de
olhares e piscadelas,
exímio nisso e também naquilo: os vigias anteriores já o fizeram assim e

assim, e também assim, mas ele consegue sobrenadar na
superfície do
pântano,
aveludado, infantil, sem nódoa, e só em seus olhos transparece
um cintilar
perspicaz e cauteloso. A cada noite você encurta a distância do
arremesso dos
pedaços de peixe,
até que por fim ele arrisca vir tomar de suas mãos, e sumir. Ou
assim
— você segura o peixe um pouco acima da altura que ele alcança,
até que ele
diga: Nome?
Onde mora? Pais? Não sabe, não existem. Nunca existiram.
Então, de quem é
ele? De Vossa Senhoria (e isso num inglês gutural, inglês
com erres singaleses: *Yourr honourr's, sirr*, acompanhado de uma
reverência).
E então ele consegue tomar de sua mão o peixe, a batata-doce, o
arroz,
com mãos ágeis e rapidíssimas. Sua voz é rouca e castanha, como
o cheiro de
pinhões assados. Passadas mais algumas noites e ele já escala por
conta
própria
e se aninha em seu colo, enquanto a mão experiente te acaricia
assim e assim,
e também assim até que você percebe, toma-o nos braços
e o carrega até seu colchão, o colchão do vigia (submisso, passivo
e experiente: deita-se para você, de bruços). Você o cobre com
um pedaço de
lona gordurosa, mas ele te fita surpreso, de alto a baixo, e no
mesmo
momento cai no sono. Você coloca a mão na testa da criança, e a
outra na sua
própria,

como se você fosse a mãe. Exausto como o garoto, também sua
cabeça
pende sobre o peito, e a escuridão faz você cantarolar uma canção
de ninar
búlgara, sem palavras, ou com palavras
que você já esqueceu, lembra-não-lembra que esqueceu, mas
como o corpo de
um afogado sinaliza o que foi esquecido. Antes de amanhecer
você abre os
olhos
e está só no colchão do vigia, o menino sumiu sem deixar traço,
pela janela
silhuetas dos barcos que chegam do fundo da noite, à volta da
fábrica que
agoniza
latem cachorros sarnentos, cachorros magros dão gritos que se
tornam uivos, e
o sol sufocado
penetra pela neblina espessa: um nascer de sol opaco parecendo
um olho
doente, inflamado. Pegue alguns peixes e vá dormir. Que calor.

VIRÁ

Virá como um gato à tardinha. Macio e ligeiro virá,
sonolento e cruel, leve e certeiro, virá encurvado, em silêncio,
sobre patas que pairam, o dorso arqueado, peludo, sedoso e cruel
armado para o salto, virá como a faca aguçada. As pupilas
amarelo-tigre, sorrateiro, bajulador, virá como um gato
pelo muro, armando a emboscada, paciente, elástico: viu o inseto,
não desistirá.

BRASAS

Virá, não vai desistir. Volte para mim até que venha, não
desapareça, pelo
menos às noites
volte para mim, desejo: quando ainda era jovem, magro e com
espinhas no
rosto, dia e noite fantasiava poemas, fantasiava mulheres dia e
noite você não me abandonava: comigo na
cama, comigo ao levantar,
brasas da minha noite, vergonha diária no leito, na escola, nos
jogos, no
pomar, ardendo em desejos pela mulher
sem mulher: rinoceronte pela manhã, rinoceronte de dia,
rinoceronte à noite,
rinoceronte no sonho, o sutiã pendurado
na corda, o par de sandálias de mulher no corredor de entrada, o
rodar do lápis
no apontador,
a moça em uniforme do exército, gorda e de grossas tranças
aproxima da boca a
colher da densa geleia de ameixa,
meu sangue engrossava em mel quente. Ou à noite, por trás da
cortina
fechada, a silhueta da mulher
que penteia outra, todo movimento em curvas graciosas, mexendo,
misturando, afofando, todo som das vozes descendo
ao murmúrio, a moça costura um botão na roupa, o toque do
sabonete, da
pasta na palma da minha mão,
piada suja, palavrão, um traço de perfume misturado ao cheiro

secreto de suor de
mulher,
no mesmo instante sinto em mim a erupção de um gêiser fervente
envolto em
vapores de vergonha. Até mesmo a palavra *mulher* impressa,
até mesmo *seio* escrito na caligrafia arredondada, ou o jeito do sofá
virado de
pernas para o ar faziam ferver
em mim o caldo do desejo, e o corpo se crispar como um punho.
Agora um
  macho velho, rinoceronte das memórias
em sua cama ele te implora volte, que volte o desejo pela mulher,
que volte
para ele à noite, que volte
ao menos em sonhos aquele tremor, que volte o queimar das brasas
que
sussurram, que não te esqueça
que não esqueça até que venha o que vier, nas patas de seda
deslizantes, o
pelame macio
a pupila amarelada, virá como eco de um leve sussurro e nele os
caninos afiados
da pantera, da mulher esquiva.

BETTINE CONTA PARA ALBERT

Todo sábado me trazem os netos, uma é a ovelhinha
outro o carneirinho. Uma me chama de Vovó Ti, Tata Ti, o outro adora
puxar meu cabelo. Nas noites de sábado sempre dormem comigo,
um de cada lado em minha cama. A ambos eu protejo contra
sonhos maus e friagem, e ambos me protegem
contra a minha solidão e a minha morte.

NÃO LONGE DA ÁRVORE

A maçã caiu não longe da árvore. A árvore está
na cabeceira da maçã. A árvore se torna amarela, a maçã,
marrom.
Da árvore brotam folhas úmidas. As folhas encobrem
a maçã da árvore. O vento frio uiva sobre elas.
Vem o inverno o outono se foi a árvore está carcomida a maçã
apodreceu. Daqui a pouco virá. Virá e fará doer.

CARTÃO-POSTAL DO SRI LANKA

Papai e Dita. Como vão? Do outro lado do cartão vocês podem
ver uma
foto de três árvores e uma pedra.
A pedra é o túmulo de uma jovem chamada Irene, filha do major
Geoffrey
Homer e de Daphne Homer. Quem foram
esses Homers? Por que vieram? O que procuravam aqui?
Ninguém nesta
aldeia de pescadores se lembra de mais nada.
Ninguém também sabe explicar por que aparece num
cartão-postal. Será que
viviam aqui? Ou estavam só de passagem?
Raspei com o canivete a crosta de limo sobre a lápide e descobri
que ela
morreu de malária, com vinte anos de idade,
no verão de 1896: cem anos se passaram. Será que naquela noite,
seis horas
antes de morrer, seus pais ainda a enganavam dizendo que estava
melhorando, que ficaria boa em dois dias?
E será que ela tinha alucinações
febris, mas de repente,
entre febre e febre houve um momento de lucidez, e como uma
corça
perseguida por caçadores, interceptou uma troca de olhares dos
pais e
compreendeu num relance que iria morrer.
Que não tinham mais esperanças, eles e o médico, mas que se
apiedavam e a
enganavam, que a febre começava a baixar e amanhã ficaria boa?

Será que ela sussurrou para eles que chega, que parem de representar? Ou
sentiu pena deles e até o fim tentou fingir que acreditava nas mentiras
que o choro silencioso da mãe desmentia? E quando ela entrou em convulsões
à luz da lamparina e morreu às quatro da manhã, quem enxugou
o último suor de sua testa? Quem saiu primeiro e quem ficou mais um pouco
com ela na penumbra da tenda?
Será que ao nascer do dia o major Geoffrey se obrigou a fazer a barba? E a
mãe? Será que alguém estendeu a ela um lenço empapado de
valeriana? Será que por causa do calor enterraram o corpo
naquela mesma manhã, ou aguardaram até a noite? E como e para onde
foram depois? Logo? Ou no dia seguinte? E como ficou a floresta em volta do
túmulo durante a primeira noite depois que se foram?
Cem anos se passaram, a dor já foi esquecida: quem lamentará? Eu pergunto
se ainda existirá neste mundo um velho pente,
ou lixinha de unhas, ou broche de madrepérola dessa Irene?
Talvez em alguma gaveta de uma penteadeira abandonada de nogueira, ou num sótão
com cheiro de mofo no condado de Wiltshire? E quem vai querer
tomar conta dos seus pertences, se é que ainda existem?
Para quê? Só eu, que não tenho nenhuma foto e não sei nada sobre ela, fiquei
muito triste ontem por causa dessa Irene. Por um momento.
Depois passou. Comi peixe na brasa com arroz e adormeci. Hoje, tudo bem.
Não se preocupem.

ALBERT ACUSA

Eu já te disse mil vezes, Nádia eu te peço que pare de uma vez por todas de
encher a cabeça dele com essas minhocas, ele ainda é pequeno, e se assusta à
toa, pare de enfiar na cabeça dele esses lobos, bruxas, neves, fantasmas nos porões,
anõezinhos na floresta. Que anõezinhos, que floresta, nós estamos aqui em
Israel para escapar disso tudo, para viver de iogurte, salada e omelete, levantar
a cabeça, transformar as coisas, nos defender quando não tem mais jeito,
expulsar os sofrimentos passados, curar as tragédias dos tempos idos, viver os
dias de verão sob o caramanchão de parreiras no jardim, superar aos poucos a
lembrança de tudo o que passou, e também começar a distinguir afinal entre
joio e trigo, entre o possível e a loucura. Mil vezes já te disse que meu filho
deve crescer para se tornar uma pessoa útil, uma pessoa correta e decente, sem
andar por aí com a cabeça nas nuvens, ter os dois pés bem fincados nesta terra,
que não tem choupanas na floresta, mas dunas de areia quente e conjuntos
residenciais pré-fabricados. É o que temos, já te disse, e do que não há e nunca
haverá devemos saber abrir mão. Traçar um limite. Veja no que

vai dar, por
sua culpa. Você encheu a cabeça dele com fadas e brumas, e em você mesma
já nasceram penas, cresceu um bico, já saiu voando rumo ao frio. E deixou
montes de guardanapos e toalhas de mesa bordadas, que não servem pra nada.
Já poderíamos ter um neto ou neta.

COMO UM POÇO QUE ESPERAMOS PARA OUVIR

À tardinha o garoto, sempre chamado de *"Yourr Honourr"*, assobia e Rico
desce para arrancá-lo do "Porão do Sono Suado", ambos sobem para fora, e
vão pegar cigarras na colina, ou à praia juntar conchas para vender. Por duas
vezes assistiram juntos *Superman* no cinema Globe, saíram e rolaram em lutas
pela grama. Com o pouco que sobrou do salário de vigia ele comprou para
esse menino, na loja do cara de Taiwan, um short cáqui, camisetas e sandálias
com sola de pneu, saiu da loja igualzinho a um garoto israelense dos velhos
tempos. Todas as noites compravam para ele uma Coca, tâmaras, chiclete, e às
vezes também um doce marrom, grudento, que fazem aqui com coco e mel. E
ensinou a ele um jogo típico de Tel-Aviv: bola de gude, e também fizeram uma
pipa e empinaram. Às noites, durante o turno de vigia assa um peixe numa
grelha de ferro sobre as brasas, e fala, e o menino escuta, e por vezes perpassa
seu rosto um cintilar astuto, que por um instante deixa transparecer que
embora ele esteja agora com uma aparência angelical, não vai ser para sempre.
Pela manhã, por exemplo, nas horas em que você dorme, esse

menino talvez se
aninhe sobre trapos em uma câmara frigorífica abandonada, ou
sobre um
colchão esfarrapado em algum depósito, ou quem sabe saia para
arranjar
alguma coisa em algum outro lugar? Passados mais alguns dias
você comprou
no armazém Taiwan um canudo de plástico com um anel para
encher de água
e sabão e soprar bolhas de sabão, e assim vocês eram vistos pelas
pessoas: um
jovem magro e anguloso de cabelo despenteado, vestindo jeans e
camiseta
com estampa em hebraico (Deixem os animais viver), com um
garoto de pele escura, bem afeminado, calçando sandálias novas
e uma
camiseta tipo kibutz que um dia foi branca, os dois soprando
bolhas de sabão.
E daí se já começam a fofocar, no albergue, e na empresa de
refrigeração? O
engenheiro austríaco depravado já te deu uns tapinhas aqui e ali
com olhares
maliciosos e diz com um sorriso sacana, *Ach, so.* No quiosque,
depois da
sessão das bolas de sabão, o garoto aprendeu a dizer "Ahála!" e
outras gírias
da moda em Tel-Aviv. Depois você comprou dois chicletes e
vocês foram
mascar sentados na pedra que fica em frente à bomba de
gasolina. Quem sabe
você pede um pequeno favor de algum turista que passe por ali,
que tire uma
foto Polaroid? Você enviaria? Em uma carta? Para que soubessem?
Escuta, Dita,
esse garoto te olha com a expressão de um macaquinho
abandonado, não

diretamente nos olhos, parece olhar mais para a boca, como se pela boca ele pudesse espiar o que tem dentro. Além disso ele me ensinou um truque com moeda, só o diabo sabe quem ensinou a ele e quantas coisas mais ele deve saber, que ninguém suspeita. Ele é como essas lagartixas que cortam o rabo e ele volta a crescer, ou melhor, como um poço no qual se joga uma pedra e se espera e espera mas não se ouve nada.

RESPOSTA NEGATIVA

Pergunta de sonho: e o que é feito do cavalheiro distinto, o negociante de
tecidos que sabia sempre o que dizer e quando calar? O primeiro marido de
Nádia Danon? O homem banhado, escovado, perfumado, e alegre e metódico,
que a todos encantava com sua voz rica e sedosa de tenor ao cantar canções
de Shabat? Quem sabe ele não viva até hoje tranquilo em algum subúrbio de
Marselha ou de Nice, com suas bochechas rosadas, exuberante, rodeado de
viúvas charmosas? Ou talvez bem aqui em Israel, vivendo em Kiriat Ono,
viúvo e aposentado, tesoureiro do condomínio, e ainda torcendo para que um
dia sua única filha, Rachel, a médica de quarenta e poucos anos, duas vezes
divorciada, volte de San Antonio, ou Toronto, se case com um bom judeu
religioso, monte aqui sua clínica particular, e depois o convidem para ir viver
com eles, por exemplo, numa casinha modesta no fundo do jardim? Para essa
pergunta de sonho ele recebe resposta negativa. Ela está lá e você aqui,
completamente só desde o dia em que Rex adormeceu. Você deve superar seu
desalento, vestir paletó e gravata, pegar sua bengala entalhada, ir

até a
Sociedade Protetora dos Animais, escolher, apesar dos pesares, um novo
cãozinho, e recomeçar tudo do começo. Ou não: vai ser difícil se ligar agora a
um outro cachorro, se você chamá-lo de Rex, vai te lembrar todo dia a
ausência de Rex, e se você chamá-lo de Duque, não vai te ajudar a esquecer.
Melhor deixar essas perguntas de sonho e tratar de trocar essa geladeira que
tosse como um velho fumante e não te deixa dormir.

AVISHAG*

A noite é fria. Chuvosa.
As mãos dele são frágeis.
Ele não é realmente velho
E eu não estou em seu colo.

Suas mãos são delicadas
Contidas entre as minhas
Como fraldas de um bebê
Nascido para mim de seu filho.

Não é realmente velho. Esbraveja
Lá fora, as trevas e o mar.
Respira, açoita, tateia
Com as ondas a areia da praia.
Como se eu trocasse a fralda do neto
Minhas mãos prendem as suas.
Por um momento ele é bebê
E logo volta a ser pai.

* Avishag é o nome de uma jovem, trazida ao rei Davi, já velho, para levantar-lhe o ânimo. Esta história encontra-se na Bíblia, em Reis, 1-1, 4-2 etc. (N.E.)

FECHA OS OLHOS E VIGIA

Uma festinha surpresa: os funcionários do Departamento de Tributação sobre
a Propriedade se despedem esta noite de um colega que encerrou seu tempo de trabalho. Por isso coube a Albert tomar conta, das oito à meia-
-noite, dos netos
de Bettine que dormem na cama dela. Numa prateleira do quarto uma foto de
seu marido Avram, parente
distante de Nádia, bigode grisalho aparado com precisão, e boina.
O cheiro de talco e xampu
envolve aqui o discreto perfume sempre presente em Bettine. A menina já adormeceu abraçada
à ovelhinha com a orelha arrancada, às vezes em meio ao sono ela respira
mais forte.
O menino se mexe na cama, preocupado, teme o pior, o urso que se esconde
no corredor.
Em vão Albert o pega no colo para ele ver que não há nada: tem medo. Agora ele
quer a mãe.
Quer a vovó Tin. Quer luz. Exige que Albert apague logo o escuro.
Em vão Albert canta para ele em sérvio uma canção de ninar de sua infância
em Sarajevo, e outra música
suave, búlgara, que Nádia cantava sempre para ninar Rico e a si mesma. Em
vão. Uma luz fraca

vem da direção da cozinha, e a luz do poste de rua penetra
fraca na janela,
tremendo de leve por causa da brisa do mar
que agita a copa da amendoeira. Albert vai à cozinha esquentar a
mamadeira
que Nádia deixou pronta.
Que Bettine deixou pronta, ele se corrige, Nádia não desiste. Volta
para o
quarto
e encontra o menino dormindo. Agora está de joelhos recolhendo
do quadrado os
bichos,
cubos, livros, xilofone que já perdeu duas notas, se curva para
colocar o
ursinho perto do menino,
estende o cobertor sobre os dois, se ajeita na poltrona de Bettine,
fecha os
olhos e vigia.

XANADU

Até que em uma noite ele não veio para assobiar para você, levanta logo,
Yourr Honourr, vamos comprar uma Coca, e depois descemos
pegar caranguejos na poça que fica entre as pedras da baía. Antes de tudo você
perscruta o céu à procura da pipa-dragão
que você fez para ele. Nada. Naquela noite ele não apareceu, como sempre,
vindo das sombras dos tubos, ao cheiro do peixe assado.
E também não no dia seguinte.
Desapareceu.
Em vão você o procura pelo entreposto, no porão, na praia, na câmara
frigorífica abandonada, em vão você pergunta por ele ao vendedor
de refrescos na praça, e mais para baixo, ao cara de Taiwan: camiseta-e-short-
-cáqui-e-suspensório-como-um-H? E sempre com uma bolsa cheia de caracóis
e tampinhas de Coca-Cola? Em vão. Há muitos garotos abandonados por aqui,
chupadores, mendigos, batedores de carteira,
quem pode distinguir uns dos outros? Os pescadores escarneceram quando
você lhes perguntou hoje de manhã. Deram piscadelas: E daí? Arranja outro no
lugar dele, desse tipo não falta por aqui.
Sequestrado? Perdido? Afogado? Ou arranjou outro tio?
Ainda anteontem você lavou a cabeça dele, o garoto mordeu, esperneou, mas

retornou à noite com um presente: uma medusa viva numa latinha
de conservas com água do mar. E a tristeza como uma pedra que se arrasta: o
menino sumiu. Se foi. Estava aqui e foi embora. O garoto se foi.
Partiu. Perdido. Com a bolsa azul de caracóis e um par de sandálias com solas
recortadas de velhos pneus, amarradas por cordas esfiapadas.
Menino-poeira, aveludado, ele se surpreende um pouco contigo, o que que há
de errado, o sorriso dele, de anjo decaído, sedutor e ingênuo,
puro e malandro, mas às vezes um macaquinho assustado que te abraça de
repente, com toda força, se aconchegando,
se escondendo em você para me proteger-para-bem-me-
-proteger.

Você não o protegeu. O garoto se foi. Havia um menino e foi embora. Hoje
serão acesos na praça três luminosos néon em singalês e um em inglês:
Xanadu Dancing, o primeiro e o último drinque de graça por conta da casa.
Peça um gim. Converse um pouco com uma moça fácil,
que também, por falar nisso, é chamada por aqui de *Xanadu*: Menino. Se
perdeu. Não meu. Sumiu. Não sei o nome. Ele me chama sempre de
Yourr Honourr e eu o chamo Vem-Cá. Oito anos. Ou seis. Como vou saber?
Há uma multidão de garotos jogados por aqui. Quem sabe precisa de ajuda?
Grita por mim do escuro? Ou já não grita. Em frente, nas farpas do arame há
um farrapo rasgado de pipa. Outra pipa. Não a nossa. E a chuva

morna
faz horas que está pendurada no céu. Sente-se em luto. Tem
muito tempo pela
frente. *Xanadu* fica aberta até o raiar do dia.

QUEM TE PERMITIRÁ...

Às seis da tarde Bettine segue pelo lado sombreado da calçada até a Farmácia
Viterbo. Mulher de coxas bonitas, com um vestido de tecido indiano, brincos,
penteado *à la garçonne*, a bolsa que oscila a tiracolo. Anteontem ganhou
seiscentos shekels na loteria, e agora vai comprar para ela e também para
Albert, além de Acamol e dos comprimidos de cálcio, extrato de própolis e acinácea, ginseng, cápsulas de alho e de zinco. Pensando melhor, ainda vai
comprar levedo de cerveja e um frasco de geleia real para Dita, que
parece bastante abatida. E duas escovas de dentes pequenas e pasta de dentes
com gosto de baunilha para as sextas e sábados dos netos. Há algo de vulgar
nessa Dita, tão centrada nela própria, se esfregando, lambendo, se enfeitando.
Mas, ao mesmo tempo, é comovente. Na verdade, esse buldogue, Dubi
Dombrov, também não seria nada mau se houvesse alguém para cuidar dele (ao se
lembrar dele, Bettine passa os olhos pela prateleira de produtos de saúde, mas
logo se toca: sem exageros). Às seis e vinte ela sai da farmácia, e o senhor Viterbo
a acompanha com o olhar e deixa escapar um sorriso, a rigor sem motivo

algum, porém não desprovido de bom gosto. Em vez de ir direto a Albert, ela
prefere levar a sacola de plástico com as compras pela esplanada à beira da praia,
de onde se pode ver como o sol se aproxima bem depressa do mar, que
recebe clarões de cores singelas do astro, devolvendo-lhe suas próprias cores
sofisticadas. Se você às vezes parar um pouco de falar, me disse certa vez
minha professora Zelda quando eu tinha mais ou menos sete anos, talvez as
coisas consigam às vezes falar com você. Muito tempo depois achei em um de
seus poemas "um tremor muito leve que perpassa as folhas ao encontrar a luz
da aurora". Bettine é uma pessoa bem menos sensível do que foi a professora
Zelda, mas às vezes lembra-a em alguma coisa, por exemplo, no jeito de Bettine dizer
Amós, escuta o que eu vi, ou Amós, não diga mais isso. Faz alguns dias ela
me disse, Tente perceber exatamente o que está embutido nesta expressão
burocrática "Prazo expirado", que todo mundo usa pelo menos dez vezes por
dia sem ouvir o que significa, mas, se você parar um minuto para pensar,
vê que há um bom motivo para se apavorar. Em sonho eu estou de
novo na farmácia, mandaram-me devolver uma dessas coisas que causam
vergonha, como um sutiã ou um suporte atlético do varal dela, e que por
engano chegou à nossa casa, e eu tento devolver, mas ela discute comigo.
Pegue por exemplo um cara como Uri, ou até mesmo como

Dombrov, e eu
digo a ela peguei, e ela sorri não para mim, mas para o farmacêutico Viterbo
que sorri para ela contra mim enquanto empacota para mim uma gaita de boca
que não comprei. Cara Bettine (e eu em sonho a cumprimento como se fosse
uma saudação cerimoniosa), quem sabe se no sábado você traz os teus netos,
para brincar com os nossos? Não cola, diz ela. E no sonho eu fico espantado, e
não estou mais na farmácia, mas corro por um descampado vazio ao som
estridente das sirenes: Garoto, não acredite. Ou acredite. E daí. Presença
invisível, diz ela, presença terrível e silenciosa que tudo, de pedra a desejo, nos
traz não a voz dela e não o eco de sua voz, mas somente a sombra da sombra
de sua sombra, e talvez nem mesmo a sombra da sombra, mas só o tremor, só
a saudade da sombra. Assim é o credo de Bettine e assim é seu temor. Em uma noite de verão ela me telefona de Bat Yam para Arad, queria conversar um
pouco sobre um livro que lia, e disse que em sua opinião aquilo tudo era
perdido, mas ao mesmo tempo bem engraçado, pois tudo o que não é e nunca
será, ao final das contas é o que temos, justamente o que ela quer unir. Cara
Bettine. Quem te permitirá.

O INVERNO TERMINA

E na parte sul de Bat Yam se constrói um novo shopping,
fecharam uma quitanda,
abriram
uma butique jovem ou uma agência bancária, inauguraram uma
praça de nome
Yitzhak Rabin,
com chafariz e bancos. Em Bangladesh voltaram as chuvas
torrenciais:
as avalanches das monções arrancaram casebres e destruíram
pontes, aldeias,
campos. Aqui não.
Aqui nós esperamos eleições primárias, Scuds ou desvalorização
da moeda, o
que vier primeiro.
Ben Gal & Associados adquiriu uma nova área, constrói
apartamentos de
luxo, dúplex,
encomendou de Dubi Dombrov um filme publicitário de noventa
segundos:
O apartamento de seus sonhos, cobertura debruçada sobre o mar.
Dita Imbar
escreveu o roteiro.
Além disso passou no cabeleireiro, comprou uma blusa e
sandálias para a
primavera. Escreve outro roteiro
sobre o assombroso grego de Yafo que por instantes fazia os
mortos voltarem,
até que morreu. Agora
seus herdeiros brigam pelo apartamento: em vez de entrar na

justiça, por
modesta quantia
Albert Danon calculou para eles um acordo. Na terça-feira
Bettine vai
convidá-lo para jantar
em sua copa. Na quinta à noite ela virá à casa dele para um chá
com bolo na
varanda.
O inverno termina, os passarinhos trabalham. Essa luz é
agradável e as noites
tranquilas.

SOM

Já está tudo fechado em Bat Yam, salvo a farmácia de plantão onde pisca uma
fria luz néon.
Atrás do balcão vestido de branco está um idoso judeu italiano, que há três
horas
lê linha por linha tudo o que está escrito no jornal que durante a leitura vai se
tornando
jornal de ontem. Ele se pergunta, mas sabe que não haverá resposta. Do bolso
do jaleco
tira uma caneta e dá quatro ou cinco pancadinhas no recipiente de tinta, vazio.
Não é o som
o que o surpreende, mas o silêncio renovado: agora ele é realmente puro.

ELE PARTIU

Sem volta: acabou. Para sempre. E de agora
em diante vai doer.
Vamos, levante. Ande. Deite. Ou
não deite. Sente. Tome outro gim
ou não. Saia. Volte. Ele não está.
Só na lona amarrotada
restou uma sobra do seu cheiro,
entre fedores de peixe.

SÓ LÁ

O céu está escuro e vazio. A névoa escorrega pela névoa.
Esta noite não choveu. Parece que não vai chover mais.

Aqui está calmo e cinzento. Escurece. Um pássaro parado no poste.
Dois ciprestes crescem quase juntos. Um terceiro cresce separado.

Gostaria de saber de onde vem o cheiro de fumaça:
Pois nada queima por aqui. Os restos da velha pipa

presos às farpas da cerca, e a névoa que passa pela névoa.
Faz tempo que não estou mais lá, e no entanto ainda estou lá. De pé.

VAI E VEM

Podemos concluir tudo assim: um homem no quarto. O filho não
está aqui.
Sua nora
está com ele por enquanto. Vai. Vem. Enquanto isso tem um caso
com um
rapaz
irrequieto, deita com ela quando os negócios permitem, rapaz
esperto, vai
e vem.

À noite, um homem à mesa. Tudo é silêncio. O filho não está.
Sobre o
aparador
guardanapos, toalhinhas rendadas, entre elas duas fotos. Pela
janela o mar.
Móveis escuros.
Esta noite ele deve checar um balanço, o que fecha, o que não
fecha.

Uma viúva com penteado *à la garçonne* esteve aqui esta
noite, por puro acaso,
Às vezes ela dá uma passada, tomar um chá. O inverno passa,
o mar permanece. E a luz, ela vai e vem. Uma vez de um jeito e
outra vez de
outro.

Esta noite ele deve calcular no monitor quais foram seus lucros e
quais suas
perdas,

O que conseguiu juntar. Coluna a coluna. Não é assim com a angústia: ela é
incalculável
Morre o marceneiro, a mesa ainda está aqui. O Narrador passa agora os dedos
sobre o tampo.

Contou sobre si próprio, contou sobre a mãe, tentou não usar muito a
expressão *assim como*.
Contou sobre um caixeiro-viajante russo que não chegou às terras da China e
nunca mais
verá de novo a sua casa. Contou sobre o Homem das Neves que erra solitário
pelas escarpas
da montanha. Contou sobre o mar e sobre Chandartal. Vai, todo assunto vai e vem. A lua esta noite está nítida e pálida. Mete medo ao jardim, entorta
a cerca, bate de leve na janela. Vamos começar do começo.

O SILÊNCIO

Você também. E todos. Toda Bat Yam se encherá de gente nova
e também
eles
por sua vez, sozinhos nas noites, tentarão por vezes compreender
o que faz a
lua
ao mar, e qual o propósito do silêncio. Também para eles não
haverá resposta.
Tudo isso
depende em maior ou menor grau de um paradoxo. O propósito
do silêncio é o
silêncio.

ESTENDE, ENCHE E RECOLHE

Agora ela está límpida até não poder mais. A lua se inclina até a superfície
negra do mar,
recolhe e ergue para si extensões grandiosas de muitas águas, levanta
gigantescas ondas das profundezas
e volta a cobri-las de chumbo. Estende uma rede de mercúrio por sobre o mar,
puxa e recolhe para si. É sobre isso que estou falando.

NO FIM DO CAMINHO

Agora ele descansa numa pousada barata numa pequena aldeia ao sul do Sri
Lanka. Pela janelinha
gradeada três cabanas, um declive, pequenos barcos à vela, o Oceano Índico,
quente,
suas ondas reverberam como estilhaços aguçados de garrafas verdes sob o
duro sol. Maria
não está mais aqui. Viajou para Goa e de lá talvez volte para Portugal.
Ou não volte.
É difícil para ela. No quartinho, um banco, um prego
enferrujado, um cabide, uma esteira amarela
e no canto um colchão. Há uma bacia rachada, com o esmalte enegrecido
e descascado.
Um fio elétrico carcomido se contorce lânguido pelas paredes do cubículo,
coberto de teias de aranha. E um fogareiro elétrico escurecido pelas muitas
vezes em que o leite ferveu e derramou.
Por anos e anos o leite ferveu e derramou, e não foi limpo. E há uma foto
recortada de revista, e nela,
com ar um tanto enfastiado, a Rainha da Inglaterra se inclina um pouco e
pousa a mão sobre a cabeça de um menino
local, que quase cai no choro, calça surrada, os braços e pernas

magros, gato
de rua faminto.
Muitas manchas de mosca pontilham essa foto, e há uma pia
rachada
e uma torneira que vaza água e ferrugem, pingo a pingo. Agora
você vai se
deitar no colchão
e vai ouvir: você percorreu esses caminhos sem eira nem beira,
você procurou
e chegou, este é o lugar. E quando o dia se esvair,
quando a umidade da noite tropical sufocar esta luz vítrea, você
ainda vai estar
deitado
nesse mesmo colchão, suado e atento, não vai perder nenhum
pingo. E
também esta noite, e amanhã: pingo, pingo,
pingo, e essa é Xanadu. Você chegou. Você está aqui.

AQUI

Lua de manhã lua à noitinha derramando luz na noite
esquelética, todo o dia
faz doer todas as partes. Meu filho Absalão, oh meu filho Absalão,
a mesa
está aqui a cama está aqui o violão está aqui e você está no sonho
de lua na
noite de lua
no dia luminoso no mar pálido na janela que devora tudo o que
vive meu filho meu filho.

O QUE SE PERDEU

Uri ben Gal, que voltou ontem mesmo de Bruxelas, foi com seu
BMW
novinho em folha dar uma olhada nos arredores de Biniamina,
um velho
laranjal prestes a ser arrancado, e alguém lhe passou uma dica
ótima de que em dois ou três anos toda esta área seria liberada
para construção
residencial,
vale a pena arrematar tudo rapidinho pelo preço de terra agrícola
o que
amanhã serão terrenos residenciais em área valorizada, muito
procurada.
Até o escurecer ficou numa casa de roça, bastante arruinada, foi
recebido com
café espesso e um tipo de geleia caseira de alfarroba, levou uma
conversa
cheia de piadas com os herdeiros do dono das terras, falecido, o
mais jovem,
um rapagão animado, serviu nas unidades de elite, o mais velho
parecia bem
manhoso, ficou calado quase todo o tempo com um olho fechado
e o outro só metade
aberto, como se não valesse a pena gastar com você mais de um
quarto de
olhar,
cada vez que a conversa parecia estar um tiquinho mais próxima
de uma
conclusão, ele soltava uma azeda meia-frase: Esquece, cara,
nós também não fomos feitos nas coxas. Por fim, já escurecendo,

Uri se
levanta e diz, tudo bem, vamos dar um tempo,
antes de tudo tentem resolver qual é a de vocês, qual é a jogada, e só depois
me deem um toque e conversamos, aqui está o meu cartão.
Em lugar de voltar direto à cidade resolveu dar uma volta de cinco minutos,
dar uma olhada no laranjal agonizante, pois já não vale a pena irrigar.
Havia um ficus gigante, antigo e retorcido onde Uri deixou o carro para
caminhar um pouco por entre as filas de laranjeiras, pisando em espinhos e
assobiando.
Passarinhos cujo nome desconhecia responderam por entre as folhas, falavam
rápido, imploravam, como se também eles quisessem vender
sua maravilhosa gleba, mas sem ter a menor ideia de seu real valor e de quais
possibilidades ela oferece. Por quinze minutos
ele passeou por ali, entre samambaias e arbustos espinhosos, até que
baixou a escuridão sobre o laranjal abandonado, e só depois de caminhar
perdido por algum tempo conseguiu afinal
localizar seu ficus, mas o BMW novinho havia desaparecido e com ele o
celular, e no mesmo instante todos os passarinhos se calaram,
como se seu canto tivesse sido apenas um truque bem bolado para distraí-lo, e
assim dar uma força ao ladrão.
Uri ficou sozinho no lugar ermo onde decididamente não é nada saudável estar
sozinho no escuro, e muito menos desarmado.
Começou a tatear o caminho por entre os arbustos espinhosos em direção às

casas do vilarejo, mas o galpão alongado para onde dirigia os seus
passos
por entre as árvores
não passava de um depósito abandonado para caixotes de laranjas,
e de repente
irrompeu o uivo de uma raposa, ou chacal. Bem perto. E
cachorros latiram à
distância
e as trevas se encheram de sussurros. Uri sentou-se no chão,
apoiando as costas
na parede do galpão em ruínas, sentindo o brilho
aguçado das estrelas frias por entre as copas do laranjal e o brilho
fosforescente dos ponteiros do seu relógio, e, entre as árvores,
manchas de
sombra na terra. Por alguns minutos praguejou bastante,
depois se acalmou. A beleza gélida, silenciosa da noite extensa e
profunda se
abriu diante de seus olhos. Aqui e ali grandes sombras
o perscrutam e a brisa feminina vinda do mar enfia os dedos entre
sua camisa
e a pele, e por um momento parece que tudo isso, brisa,
estrelas, folhagem, e a própria escuridão tudo o observa em
silêncio, como se
esperasse paciente que dentro dele se solte alguma fichinha
telefônica entalada. A casa onde esteve, a do agricultor falecido e
seus filhos,
com as duas tamareiras plantadas defronte lhe pareceu de repente
o local
perfeito para a filmagem
de *O amor de Nirit*: os ciprestes ao redor do pátio, as coberturas
dos galinheiros abandonados, as pilhas de móveis rústicos, no
estilo dos tempos
heroicos,
o reboco manchado das paredes decoradas de estampas de flores, o
acabamento dos móveis em folheado de madeira e fórmica, e
descascando nos

cantos, esse é o lugar perfeito.
E agora ele se abre para ouvir o cricrilar dos grilos, num áspero tapete, e o mugido de uma
vaca vindo do escuro da noite, como se fosse o lamento de sua própria alma,
e ao longe as camponesas respondem com uma canção russa de cortar o coração,
dessas que em Tel-Aviv jamais se ouvirá. Agora levante
e vá procurar. Leve e sereno levante agora e vá procurar o que foi perdido.

AMÓS OZ nasceu em Jerusalém em 1939. Escritor e jornalista, publicou dezoito livros, entre romances, ensaios e críticas. Suas obras foram traduzidas para cerca de trinta idiomas. Atualmente mora em Arad, no deserto do Neguev, em Israel, dedicando-se à militância em favor da paz entre árabes e israelenses e ao ensino de literatura hebraica na Universidade Ben-Gurion.

1ª edição Companhia das Letras [2001]
1ª edição Companhia de Bolso [2014]

Esta obra foi composta pela Verba Editorial em Janson Text
e impressa pela Prol Editora Gráfica em ofsete
sobre papel Pólen Soft da Suzano Papel e Celulose